TAKE
SHOBO

ヤンデレ系乙女ゲームの悪役令嬢に転生したので、推しを監禁しています。

御影りさ

Illustration
蜂不二子

JN047968

MOON DROPS

ヤンデレ系乙女ゲームの悪役令嬢に転生したので、
推しを監禁しています。

Contents

イラスト／蜂不二子

ヤンデレ系乙女ゲームの悪役令嬢に転生したので、推しを監禁しています。

MOON DROPS

プロローグ

ああ、始まった。

自分も胸がすく思いだったこのシーン。立ち位置が違うだけで、こんなに見えてくるものが違うとは思わなかった。

「この場をもって、ヘルディィナ・メイエルとの婚約を解消する！」

（でしょうね……）

婚約者のユリウスの宣言に、ヘルディィナは真っ赤な唇を引き結んだ。

ネドラント王国の小さな領地ほどもある、高等魔法技術の学び舎――通称『魔法学園』で行われる卒業祝典の最中である。巨大なシャンデリアから魔法の光が降り注ぐ広々としたホールに集まった参加者たちは、皆歓談を中断し、固唾を呑《の》んで事の顛末《てんまつ》を見届けようとしている。

漆黒のドレスを身に纏《まと》ったヘルディィナは、常ならば高く結い上げ髪飾りで彩る、自慢の金色の巻き毛を背に流し、前髪も下ろして額を隠している。彼女の気の強さを表すきりりとした眉が隠れているせいか、薄氷の青の瞳は静かで表情を見せない。その姿は、喪に伏しているかのようだった。

事実、侯爵令嬢ヘルディナ・メイエルの人生は今日で終わったも同然である。

「お前は、ここにいるクリステルを崖から突き落とし怪我を負わせた！　また、あらぬ罪を着せ、幾度となく公衆の面前で彼女を侮辱し、名誉を傷付けた！　そして先日は、彼女の魔力を封印したうえで井戸に落とし、溺死させようとした！」

贅《ぜい》を凝らした金糸の刺繡《ししゅう》が施された赤の上衣を纏うユリウスは、ひらりと裾を翻し、ヘルディナを真っ直ぐに指さした。

「何か申し開きはあるか、ヘルディナ！」

「ございません。ユリウス様の仰ったことは、全て事実でございます」

鮮やかに蘇《よみがえ》る記憶の数々が我ながらあまりにも非人道的で、申し開きの余地すらない。

今更悔いたところで、やってしまったものはどうしようもないのである。

潔く罪を認める以外に、できることなどもう残っていないのだ。

第一章

侯爵令嬢ヘルディナ・メイエルは、自然豊かな地で生まれ、のびのびと育った。

庭の芝の上を裸足で駆け回る天真爛漫《てんしんらんまん》な彼女を、両親と兄はいたく可愛がり、ヘルディナも彼らを愛していた。

ヘルディナは、ネドラント王国建国以来続く由緒あるメイエル家の一員として恥じぬ膨大な魔力を有しており、特筆すべきはその魔力の特性が、百年に一人とも言われる『補助』だったことだ。

自身の魔力を他者に分け与えることのできる『補助』の力を持つ者は、男なら王の右腕として重用され、女なら妃として召し上げられる。ヘルディナも例に漏れず、物心つく頃には国の第一王子ユリウスの花嫁候補となった。

ヘルディナは十歳の頃より未来の妃として必要な教育を徹底的に叩《たた》き込まれ、本人の努力の甲斐《かい》もあり、野原を駆け回るお転婆から、国の誰しもが認める完璧な淑女に成長した。

そのヘルディナは今、魔法学園に在籍するクリステル・リュフトの部屋で、彼女が今宵の祝典のためになけなしの金で準備した慎ましいドレスを、彼女の目の前で切り裂いている。

こう叫びながら。

「お前のような雌豚に、ドレスなどいらないのよ‼」

「ヘルディナ様！」

叫んだ自分の頭さえ痛くなるほどの金切り声のせいなのか、切り裂いたドレスを飾っていたビーズが床に散らばった音のせいなのか、それとも部屋に飛び込んできた『彼』の制止のせいなのかはわからない。

だが、ヘルディナはこのときはたと気付いたのだ。

ここが、前世でやり込んだ乙女ゲーム『薄明のクリスタル』の世界であると。

そして、自分がヒロインと攻略対象の恋の障害として登場する悪役令嬢ヘルディナ・メイエルなのだと。

疑う余地など微塵《みじん》もなかった。

衣装簞笥《いしょうだんす》に嵌《は》め込まれた姿見に映るのは、鬼のような形相のヘルディナ・メイエルで、ここ一年の学園生活の記憶も、今いるこの部屋の内装も、知人や婚約者の名前や容姿まで、ゲームの内容と完全に合致しているのだから。

夢から醒めたように冴《さ》え冴《ざ》えとした頭に、前世の記憶が染み入っていく。

靄《もや》が晴れたように視界が明るく、体まで軽くなった気がした。

しかし、前世の記憶が知識として吸収されていくと、今後の展開が脳内にドッと溢《あふ》れ、その未来はヘルディナを青くさせた。

「ひっ……」

握っていたナイフを落としたヘルディナは、腰を抜かしてその場にへたり込んだ。泣き崩れていたクリステルが、ビクリと肩を震わせて顔を上げる。

星の光を縒《よ》り集めたような銀色の髪に、滑らかな肌は血管が透けるほど白く、傷ひとつない。華奢《きゃしゃ》な体を修道女のそれに似た、質素な黒のローブで包む彼女こそ、このゲームのヒロイン『クリステル』だ。

彼女の濡《ぬ》れた菫色《すみれいろ》の瞳と視線が交わったとき、ヘルディナは、前世の自分がこのシーンでどれほどヘルディナに憤ったかを思い出した。

「……ごめんなさい」

「えっ――？」

長い睫《まつげ》に縁取られたクリステルの目が、驚きに見開かれる。

「何の騒ぎだ！」

始まりかけた二人の会話に割り込むように、複数の足音が駆け付けた。先頭をきって部屋に飛び込んできたのは、この国の第一王子であり、ヘルディナの婚約者ユリウスだ。

ヘルディナと違い透けるような淡いブロンドをした、甘い翠玉《すいぎょく》の瞳を持つ彼は、部屋の惨状にカッと目を見開いた。

（わたし、ここにいてはいけなかったのではないの……？）

ゲームでは、ヘルディナはクリステルのドレスをズタズタに引き裂き、先の台詞を吐いた後、早々に立ち去ってしまうのだ。

台本にない舞台に放り込まれたようなヘルディナの不安など、ユリウスには伝わらなかった。彼は切り裂かれたドレスと泣き崩れたクリステルを認めると迷いなく彼女に駆け寄り、華奢な肩を抱き寄せてヘルディナを鋭く睨《にら》みつけた。

「ヘルディナ、どういうことか説明しろ！」

「ちっ、違うのです！　わたしはこんなことをするつもりでは――」

「黙れ！　やはりお前は、噂《うわさ》通りクリステルを害していたんじゃないか！　平民の彼女が『補助』の力を持つことがそうも不満か……お前を信じた私が馬鹿だった。この卑劣極まりない魔女め！」

「きゃあっ！」

怒りで溢れ出したユリウスの魔力が、ヘルディナの周囲に稲光となって走る。火花を上げる稲光は弓のように目前に迫り、ヘルディナは悲鳴をあげながら両手で頭を庇《かば》った。

火花が爆ぜる衝撃は予想したものより小さく髪飾りが爆風で飛ばされる程度だったが、その破裂音は張り詰めた意識を手放させるには十分だった。

「ヘルディナ様！」

その場に崩れたヘルディナは、霞《かす》んでいく意識の最後に、自分の名を呼ぶ『彼』の姿を見た気がした。

ゆっくり目を開けると、アーチを描く高い天井が目に映った。

王子の婚約者であるヘルディナは、全寮制のネドラント王国魔法学園でも一際立派な私室を与えられ、幾人ものメイドを従えている。

学園でも、いつも多数の取り巻き令嬢たちを引き連れ、女王のように振る舞っていた。

ゲームの中と同じように。

＊　＊　＊

(ああ、なんてことなの……)

ヘルディナの二十二年間の記憶に、じわじわと前世の記憶が融合していく。

平々凡々としたOLの最後の記憶は、迫り来る車のヘッドライトだったが、それよりも問題はここが乙女ゲームの世界であることだ。

――ゲーム『薄明のクリスタル』は、一部の特権階級のみが魔法を扱える架空世界が舞台だ。人々は、時折現れる魔物たちに怯《おび》えながらも、何とか共存していた。

そんな世界観を背景に、プレイヤーの分身ともいえるヒロインのクリステルは、本来魔力を持たないはずの平民として生まれる。しかし、ひょんなことから膨大な魔力をその身に秘めていることが発覚し、魔法について何も知らぬまま、この学園に放り込まれることになる。

そして、学園で出会った攻略対象たちのうちの一人と、いくつもの試練を乗り越えて愛を深めていく……という内容だ。

タイトルが連想させる通り、ゲーム内には『宝珠』と呼ばれる特別な石がいくつか存在する。その宝珠にまつわるあれやこれやが起こり、なんだかんだでヒロインは攻略対象と結ばれるのだが、その〝あれやこれや〟〝なんだかんだ〟に必ずといっていいほど絡んでくる絶対的ヒールがヘルディナである。

ゲーム内でヘルディナは、クリステルが自分と同じ『補助』の能力を持つことが許せず、学園では彼女を目の敵にして虐め抜き、卒業後も彼女を陥れようと画策する。

たかだかライバル令嬢がここまで出張るゲームも稀《まれ》だが、何より特殊なのは、このゲームの売りである『攻略対象全員ヤンデレ』という設定だ。

ヒロインは、ルートやエンドによっては悪役だけでなく攻略対象からも監禁・洗脳・薬漬け・心中・殺害などのひどい仕打ちに遭う。それこそがコンセプトのゲームなので、ある意味それもご褒美なのだが――ヒロインが死ぬような世界観で、悪役のヘルディナが無事なはずがなく、無論悪役令嬢に待っている未来は破滅のみ。

問題は、既に前半の共通シナリオ部分が終了し、ヒロインの相手が確定してしまっていることにある。

クリステルが選んだ相手はユリウス。この国の第一王子で、ヘルディナの婚約者だ。

ヘルディナがクリステルのドレスを引き裂くシーンは、ユリウスのルートにしか存在しない。そして、ユリウスルートでは、ヘルディナは先の理由に加えて「婚約者を奪われた」と怒り狂う。

（……の、はずだけど）

どういうわけか、今のヘルディナには、クリステルへの憎悪や嫉妬は欠片もない。

素晴らしい力をクリステルが授かったことは、国にとっても幸いなことであり、仲間意識こそあれど敵視する理由がない。

ユリウスが彼女を選んだ嫉妬というのも、しっくりこない。

特別な力を授かった自分の使命には真摯でありたいという思いで、ユリウスに相応しい淑女にならんと努力してきたが、彼がクリステルがいいというなら、それでいい。

畏れ多いことではあるが、ヘルディナはユリウスに対しては一度も恋人らしい感情を抱いたことはない。

（それなのに、わたしはどうしてあんなことをしたの……？）

自分が彼女に働いた仕打ちの数々は克明に覚えている。しかし、そのときの自分を支配していた感情が、すっぽりと抜け落ちてしまっているのだ。

まるで他人の記憶のように、実感が伴わなくて恐ろしい。

長い悪夢から目が覚めたような心地だ。

前世の記憶を取り戻した今より、ここ最近の自分の方が余程自分らしからぬ状態だった。

おかしな話だが、ようやく本当のヘルディナ・メイエルが戻ってきたような気がする。

これは、前世の記憶を取り戻した影響なのだろうか？

（考えてもわからないことかもしれないわね）

のろのろと身を起こしたヘルディナは、何気なく室内を見渡し――絶句した。

豪華な調度品で飾られた、広々とした部屋の中に鎮座する鈍色の巨大な檻《おり》。正面に鉄格子が嵌め込まれたその檻に、自分に楯突《たてつ》く人間を閉じ込めていたことは記憶に新しい。

（こんなことをしていたんだもの、断罪されるわけよ……！）

ユリウスルートでは、ヘルディナは卒業祝典で婚約解消のうえ山奥の修道院で生涯謹慎に処される。ゲームの悪役であるヘルディナは、シナリオ後半の山場で再び登場するが、今夜ヘルディナは実質の終身刑を申し渡されるのだ。

（これから起こるシナリオ後半の展開は回避できたとしても、過去は消せないわ）

卒業祝典は今夜だ。

婚約解消は避けられない。ユリウスの様子からして、どれだけ謝罪しようとも、きっと修道院送りも免れないだろう。

元来楽観的なヘルディナも、さすがに命があるだけ有り難いと思うことはできない。

（本当に、わたしがしたことなのよね……？）

自分のクリステルへの仕打ちは記憶にもはっきりと残っている事実であり、罪を否定するわけではない。彼女が受けてきた不当な扱いには、自分がやったことながら憤りを覚えるほどだ。だが、本当に動機がわからないのだ。

まるで、自分が操られていたような――

思考を遮るようにカタリとドアが開き、すらりとした青年が室内に入ってくる。彼の姿を見たヘルディナは、ひゅっと息を呑んだ。

使用人然とした、飾り気のない真っ白なシャツに、黒のベストと同色のリボンタイ。動く度にさらさらと流れる艶やかな黒髪、紅玉のような深みのある赤い瞳。鋭くもどこか物憂げな目元も、真っ直ぐ通った高い鼻梁《びりょう》も、薄い唇も、実物の人物として目の前に存在している。

「ザシュ……」

呼び掛けに、彼の目がヘルディナを捉える。

「ヘルディナ様、お目覚めになったんですね」

張りのある柔らかな男の声が、ヘルディナを呼ぶ。

主の無事を確かめんとベッドの傍に傅《かしず》いたザシュの背で、長い後ろ髪をまとめた細いリボンが揺れていた。

（い、生きてる……！）

ヘルディナはわなわなと震え、過呼吸気味に彼に両手を伸ばした。掌で彼の頬を包もうと伸ばした手はしかし、触れることを恐れたように宙で止まる。

ヘルディナの人生で彼と過ごした時の全てが、思い出の中できらめき始める。

当たり前に側にいた彼が、特別でかけがえのない存在だったと気付いたように、彼への想いが鮮やかに色付いていく。

「こえた……」

「ご主人様……？」

戸惑ったように小首を傾げたザシュの頰に、ヘルディナの掌がひたりと触れた。

その瞬間、稲妻に打たれたように肌が粟立《あわだ》ち、ヘルディナの瞳から大粒の涙が零れた。

（超えた……次元を超えた……‼　生きてるっ……推しが、ザシュが生きてる……！　ありがとう、神様仏様ありがとうございます！　心より感謝します‼）

前世、ヘルディナがこのゲームを繰り返しプレイした理由。

それこそが彼、ヘルディナの下僕ザシュだ。

ザシュは、幼い頃に自分を拾ってくれたヘルディナへの忠誠心から彼女を裏切ることができず、学園で何度もクリステルを危険に追いやる敵キャラだ。しかし、根の優しい彼は、罪のないクリステルを殺すことを躊躇《ためら》い、その度に逃がしてやる。それがきっかけとなり、クリステルは彼を意識し始めるのだ。

そしてこのザシュは、九割方ヘルディナとともに破滅して死ぬ。

ザシュルートのハッピーエンドですら、処刑されたヘルディナの後追いでヒロインと心中。バッドエンドでは、ヒロインからの愛に戸惑い殺害してしまう。ゲームファンの間では「ヤンデレというよりメンヘラ」「ヒロイン絶対殺すマン」などと評されていたが、ヘルディナは前世、そんな彼が大好きだった。

いや、愛していると言っても過言ではない。

可愛いのだ。救いようがないほど、不幸なところが。歪《ゆが》んだ主人を見放すことも、諫めることもできない不器用なところが。ヒロインの愛や、ヒロインへの感情に戸惑う純粋さを持ちながら、恐ろしく冷酷な一面を見せる危うさが、儚《はかな》くて放っておけないのだ。

そんな、どうしようもないほど不憫《ふびん》な彼を救えるのは、自分《ヒロイン》だけ。

数えきれないほど彼のルートを周回した。毎日彼のポスターや抱き枕に話しかけ、発売されるグッズは全て十や百単位で揃《そろ》えてきた。グッズの海に埋もれて死ねるなら本望。

彼を見るだけで、胸がどきどきして、頑張ろうと活力が湧いてくる。

毎日どれだけ話しかけても、彼からの返事は決して返ってこない。その現実に戻るとき、ほんの少しだけ切ない気持ちになるけれど、それは彼への想いを褪《あ》せさせるほどの障害ではなかった。

孤児の彼には公式情報の誕生日設定すらなく、ゲーム発売日を彼の誕生日と仮定して毎年ケーキを買って祝っていた。

自分が毎年歳を重ねていく中で、いつまでも変わらない彼を、そうやって何年もずっと想い続けてきた。

まるで、本当に死んでしまった恋人を、いつまでも思い続けるように。

その彼が、目の前に立っている。

「ご主人様？」

困惑したザシュの声。純粋に主人を心配している彼の様子に、胸がいっぱいになる。

（だけどどうしよう……このルートで、ザシュは……）

ザシュは、ユリウスルートでは行方不明になる。

生死についての明確な記述は作中になかったものの、ユリウスに始末されたのだろうとの考察が有力だった。

ゲームと同じ道を辿《たど》るとは限らない。

けれど、ザシュはヘルディナの悪事に加担していた。今更ヘルディナが彼を手放したとしても、ユリウスはザシュを決して許さないだろう。どこまでも追いかけるに違いない。

「ザシュ……ごめんなさい……全部、わたしが悪かったのに、あなたまで……」

赤い瞳が、真っ直ぐにヘルディナを見上げている。

膝の上に置いた手に、そっと彼の両手が重ねられる。

「何があろうと、ヘルディナ様のお側にいます」

乙女ゲームの知識などなくとも、この先ヘルディナがどのような状況に追いやられるかは想像に難くないはずだ。それでも、ザシュは主人を見限らないと誓っている。

「だから、ヘルディナ様」

立ち上がったザシュが、ベッドに乗りあがり、ヘルディナの肩を摑《つか》んだ。

ふわりと体が投げ出され、横たわったヘルディナの上にザシュが馬乗りに跨《また》がる。片手で体を支えながら彼が身を折ると、間近に赤い瞳が迫り、ヘルディナは息を止めた。

真っ白なシーツの上に散った金色の巻き髪を梳《す》く彼は、ヘルディナが知らない目をしている。

獲物を狙う、狩人のような。胸を騒がせる目だ。

「ザシュ……？」

ヘルディナの不安げな声に、ザシュは表情を緩めた。

髪を梳いていた指が、涙で濡れたヘルディナの頬を撫《な》でる。

「少しだけ、我慢してください。不快なのも、痛いのも、初めだけですから」

彼の声には、どろりとまとわりつく蜂蜜のような甘さが含まれている。頬を離れたザシュの手がドレスの胸元の紐《ひも》を解き、ヘルディナの頬はにわかに赤く染まった。

「ザシュ……！」

胸を押し返すが、彼はヘルディナを諭すように首を横に振るばかりで、びくともしない。

「大丈夫、一瞬ですから」

陶然とした声と眼差しは、ヘルディナの判断力を鈍らせる。危険な情事の予感に体中を血が駆け巡り、眩暈《めまい》がしそうだ。鮮やかな赤のドレスの胸元が開かれ、白の下着が露わになると、彼がゆっくりと身を起こす。艶やかな黒髪が揺れながら視界を横切った。

その隙間から、鈍い光を放つ刃が覗《のぞ》く。

「やっ――――！」

ナイフを認めて逃れようとしたヘルディナの左腕が掴まれ、シーツに縫い留められる。

「ヘルディナ様を一人にはしません。俺も、すぐに後から追いかけますから」

狂気を孕《はら》む声に戦慄が走る。

ヘルディナはいやいやと首を横に振りながら、必死にシーツの上で手足をばたつかせた。しかし、腕を掴む彼の手は、公式設定の身長百七十五センチ体重五十七キロからは想像もつかない力を発揮している。汚れ仕事も力仕事も、ヘルディナが望むなら何でもこなしてきた彼の体は、小娘のささやかな抵抗では小動《こゆる》ぎもしない。

「嫌っ……！　ザシュ、離して！」

「あの人は、ヘルディナ様を切り捨てる気です。ヘルディナ様を、ひどい場所に、一生閉じ込める気なんです。ヘルディナ様は、あんな場所でやっていける方じゃないのに」

「やっ……ザシュ……！　お願いだからやめて！」

「これしかないんです。俺とヘルディナ様が離れずに済む方法は――俺と一緒に死んでください」

細身のナイフが振り上げられるのと同時に、ヘルディナは右拳を放っていた。

骨と骨がぶつかるような鈍い音とともに、ザシュの体がぐらりと揺れる。彼の頬を殴打したヘルディナにまで衝撃が走るほどの痛みに、彼の拘束が一瞬緩んだ。

その隙に、ヘルディナは彼の手からナイフを取り上げ、部屋の隅に投げ捨てる。

「あなたは、絶対に死なせないわよ‼」

肩で息をしながら叫んだとき、ヘルディナの中の何かが吹っ切れた。

ヒロインがユリウスを選んでしまった今、ザシュを救えるのは自分《ヘルディナ》だけ。

愛する彼を救えるなら、何だってやる。

この世界は、邪魔者は容赦なく殺しにかかり、愛する者を守るためなら自分の命もなげうつような危険人物だらけだ。躊躇していては、推しを救うことなどできない。

（やるならとことんだわ！）

ヘルディナは、呆然《ぼうぜん》としたザシュの下から抜け出して、ツンと顎を上げた。

「ザシュ、シャツのボタンを外しなさい」

「……え？」

「いいから、外しなさい」

殴られた頬を赤く腫らしたザシュは、戸惑いを浮かべながらも反論せず、するりとリボンタイを解いた。長い指がボタンを外し、浮き立った首筋やせり出した喉仏が露わになっていく。

スチルでさえ拝めなかった推しの胸板が目の前に現れるに至り、ヘルディナは右手を挙げて彼を制した。

「そこまででいいわ」

ヘルディナは、自身に平静であれと言い聞かせるように咳払《せきばら》いをひとつして、彼の首筋に手をかけた。ちょうど、首を絞めるかのように。

ザシュの瞳が、じっと主を見上げている。その目に怯えの色はない。二人の間に存在する主従の絆《きずな》を感じながら、ヘルディナは魔法を発動した。
掌に集まった熱が、黒い光となりザシュの首に絡みつき、細い帯状に彼の首を一周して
インクが紙に染み入るように彼の肌に定着した。首輪に似たその印に、ザシュが指先で触
れる。
「これは……」
「わかるでしょう。奴隷紋よ――わたしはここに、あなたが自らの命を絶つことを禁じま
す」
帯状の黒い奴隷紋に、赤い斜線が一つ入る。
これで、彼は自分を傷付けることができなくなった。
奴隷紋は、相手を強制的に従わせる調伏魔法の一種だ。奴隷紋を刻まれた者は、いかな
る命令であろうとも術者の指示に背くことはできない。当然、大抵の貴族はこれを跳ね返
す身の守り方を心得ており、ネドラントでは奴隷を酷使することも禁じられているため、
この術を使用すること自体が忌避される行為だ。
それを侵したヘルディナに、人々の批判は噴出するだろう。
(だけど、かわりにザシュには同情が集まるわ)
これまでザシュに命じた数々の非人道的な行いも、奴隷紋でヘルディナが強制させた行
為だと人々に示すことができるはずだ。
いや、そう信じさせなければならないのだ。

「そこの檻に入りなさい」

ザシュを檻に入れたヘルディナは、自らの力にのみ反応する特殊な鍵をかけた。

ここまですれば、少なくとも彼がヘルディナのためにと勝手に死ぬことはないし、誰かがヘルディナの目を盗んで彼を抹殺することもできない。

そのとき、カタリと部屋のドアが開き、入ってきたメイドが小さな悲鳴をあげた。

髪も服も乱れたヘルディナと、牢《ろう》に入れられたザシュを目撃した彼女は、血相を変えて部屋を飛び出して行った。

（もしかして、自分も閉じ込められると思って逃げたのかしら……？）

あの様子では、きっと他のメイドたちにも逃げた方がいいと触れ回っていることだろう。祝典が始まる頃には「ヘルディナが下僕を監禁している」と噂が広まるかもしれない。

（構わないわ。やると決めたことだもの。ザシュには、嫌われたかもしれないけど……）

さすがにここまでされては彼の忠誠心にも揺らぎが生じるかと考えていたヘルディナだったが、彼の薄い唇は弧を描いていた。

鮮やかな赤い瞳が妖しげな光を湛《たた》えながら、陶酔したようにヘルディナを捉えている。

「これで俺は、ヘルディナ様のものってことですね」

恍惚《こうこつ》とした、喜びに満ちた声。

それはヘルディナが予期した反応ではなかったものの、今は彼の反応に頭を悩ませている場合ではない。

卒業祝典の時間が迫っていた。

＊　　＊　　＊

全面的に罪を認めたヘルディナに驚いているのは、観衆だけではない。罪を暴いたユリウスが、誰よりも面食らった顔をしているのだ。

「……素直に罪を認めたところで、私の決定は変わらないぞ」

「ええ、承知しております。わたしの罪は、謝罪などで許されるものではございませんもの。クリステル憎さから、我が下僕に奴隷紋を施し、何度も殺せと命じたのですから――」

言い終わらぬうちから観衆たちがざわつき始める。「なんてひどい」と声が上がっているのを横目で確認していると、ユリウスの派手な舌打ちが響いた。

「貴様、奴隷紋を使ったのか……！　なんたる卑劣な……」

蒼白《そうはく》になっているクリステルが、おずおずとユリウスの背後から顔を出した。

「ザシュを、檻に閉じ込めているというのも、本当なんですか……？」

「ええ。だったらどうだというのです？」

人々は、口々にヘルディナを批判する。

その波を、ヘルディナは右手を挙げて制した。

「クリステル、あなたにはひどいことをしました。心から謝罪します」

水を打ったように静まり返ったホールの中で、ヘルディナは目を伏せ、短く息を吐いた。

「けれども、今更悔いても、やり直すことはできませんものね。全ては、わたしが一人で企てたことです。わたしは自分の行いを反省し、領地にて謹慎いたします。今後は社交界からも退き、慎ましく暮らすと誓います」

「謹慎など生ぬるい。クリステルの心がそれで癒やされると思うか！」

「お言葉を返すようですが、わたしを処罰して満たされるのは、ユリウス様の御心だけではございませんか？　わたしやザシュを殺したいと、我がメイエル家を没落させたいと、クリステルは本当に望んでいるのでしょうか？」

ユリウスの背に隠れるクリステルがビクリと肩を震わせ、視線を彷徨《さまよ》わせる。

ヒロインは、清く正しく、無垢《むく》でいなければならない。

前世、何十何百と自分の分身として動かしてきたクリステルだ。彼女の前に提示されている選択肢が、ヘルディナには見える。彼女の選択肢には、己の報復欲求を満たすようなものはない――そのはずだ。

「……ユリウス、ヘルディナ様の言う通りにしてあげてください」

「クリステル、お前はあの魔女の言いなりになる気なのか」

「わたしが何も知らないばかりに、皆に迷惑をかけてしまったことも、たくさんあったもの。それに……わたしは無事なのに、ヘルディナ様や……ザシュが、重い罪に問われるのは、可哀想。謹慎で十分でしょう？」

ユリウスの腕に触れ、彼を見上げていたクリステルは、内なる怯えと戦うようにヘルディナに向きなおった。

「だから、ヘルディナ様。ザシュの奴隷紋を解いて、彼を解放してあげてくださいっ」

ヘルディナは心の中でクリステルに拍手喝采を贈る。

(さすがヒロインね、クリステル……)

彼女の心の優しさは本物だ。

周囲の人々は、ヘルディナの内なる感嘆など知る由もなく、クリステルの人道的発言に悪役が歯嚙《はが》みして黙り込んだように映り、緊張を共有している。

それが、罅《ひび》が入ったように外側から破られた。

「俺は、ご主人様の側を離れません」

突如として現れたザシュは、シャツのボタンを外したままで奴隷紋が覗いている。本当に奴隷紋を使っていたなんて、と昨日までヘルディナの金魚の糞《ふん》をしていた令嬢たちが怯えを滲《にじ》ませているが、それどころではない。

「どうしてここに⁉　檻に鍵は掛けたのに……！」

更なる悪事を暴露したヘルディナに、会場が驚きのどよめきに満ちる。

しかし、一番驚いているのはヘルディナだ。

(あの檻は、わたしの力でなければ開かないはずなのに……！)

——混乱した場を、手を打って収めたのは、ユリウスだった。

「もういい。当面、お前たちは二人揃って領地監禁に処す。その汚らわしい野良犬は、二度とクリステルに近付かぬよう首輪をつけて檻に繋《つな》いでおけ。それからヘルディナ、お前の顔は、二度と見たくない。王都にはくれぐれも入るな。下がれ！」

　王族の威厳たっぷりに申し渡したユリウスに、ヘルディナたちは腰を落として頭を垂れ、ホールを後にした。

　ホールから続く長い渡り廊下を抜けるなり、ヘルディナはザシュを問い質す。

「どうして出てきたの？　檻にいろと言ったはずよ⁉」

　うまくいけば、クリステルにザシュを引き渡すこともできたかもしれないのだ。

　しかし、ヘルディナの苦悩など知らぬふうに、ザシュは柔らかく笑みを浮かべた。

「せっかくヘルディナ様が監禁してくれたのに、無理矢理引き離されるなんて耐えられません。俺はどこまでもついていきます」

（監禁してくれた……？）

　だが、言い回しの違和感を問うまでもなく、彼の顔は純粋な少年のように輝いている。

　立って並ぶと百七十五センチ五十七キロの公式設定より、背も高く、がっしりした体付きだと実感するが、推しは推しだ。最愛の人であることは変わらない。無垢な笑顔に胸がときめき、ついつい見入ってしまう。

「久しぶりの領地ですね。早速、通信鏡でドリオ様にお知らせします。あの檻も分解して運ばないと。今夜出発しましょう」

(檻も持って行くの……？)

そんなに気に入ったのだろうか。いや、今はそんなことを考えている場合ではない。

「ザシュ！　これは楽しい里帰りではないの。あなたは、わたしと一緒に罰せられたということなのよ⁉」

大きな子供を諭す気分で、ヘルディナは自分よりずっと背の高い彼を見上げた。

「謹慎は、休暇とは違うの。それに、もしかしたら謹慎では不十分だと、後々もっと重い罪を言い渡されるかもしれないのに――」

「ヘルディナ様」

ザシュはその場に跪《ひざまず》き、恭しくヘルディナの手を取った。

「ヘルディナ様が、俺を守ろうとしてくださったのはわかってます。ヘルディナ様一人で罪を被ろうと考えるくらい、俺を愛してくださってるんですよね？」

全て見透かされ、「愛してくれている」とまで言われ、ヘルディナの頰は赤く染まった。主人をたじろがせる赤い瞳が、妖しげにきらめきながらヘルディナをじっとりと捕らえる。

「でも、俺はヘルディナ様と一緒なら、死罪だって本望です」

推しとのバッドエンドならわたしも本望――と、不覚にも思わされつつあるヘルディナは、高飛車な仕草でついっと顔を背けた。

(死罪も心中も駄目よ。ザシュの命は、わたしが絶対に守ってみせるわ……！)

ともあれ、当面の危機であるヘルディナの禁固刑と、ザシュの行方不明は阻止できた。

ヘルディナはひとまず安堵《あんど》しながら、夜が明けきらぬうちに荷物をまとめ、ザシュとともに学園から逃げ去った。

第二章

メイエル侯爵領は、ネドラント王国の北方にある。

広大な領地は、冬には頂が白く染まる山脈の麓から台形の形に広がり、メイエル侯爵家の屋敷は、その領地の中央に位置していた。

しかし、此度《こたび》の騒動により、ヘルディナは家には寄りつくなと兄ドリオから申し渡され、侯爵領最北端にある山際の朽ちかけた屋敷にて謹慎することになった。

山を背に豊かな草原を抱える地域は、周辺には小さな集落があるだけののどかな場所だ。

別邸は狩りが流行した折に建てられたもので、朽ちかけた石の外壁が守る母屋は、ふた昔は前の建築様式だった。伸びた蔦《つた》が二階まで届き、廊下の床板は歩く度に嫌な音がする。使用人たちは建物の広さに対して人数が少ないため、屋敷の中はしんと静まり返り、いかにも「幽霊屋敷」といった様相を呈している。

しかし、冬には心強い存在となるであろう立派な暖炉や、骨董品《こっとうひん》の域に達しかけている調度品の数々は実用面で申し分なく、謹慎の場所として十分すぎるくらいだった。

「ザシュ、食事を持ってきたわよ」

手持ちの中でも一番簡素なドレスを身に着けたヘルディナは、豊かな金色の巻き毛を背に流し、勝ち気な印象を与えがちな眉を隠すように前髪も下ろしている。その姿は、学園に君臨した悪女の名残を見せない年相応の愛らしさがあった。彼女は両手で銀色の盆を持ち、背中でドアを押して自室の続き間に入った。

そこには、元々置かれていた家具を運び出してまで設置した、あの檻《おり》がある。

部屋の半分ほどをも占める巨大な檻は、解体し、魔法で軽量化して運び入れた。監獄を思わせる檻の中はしかし、必要な家具と、中で過ごすザシュがプライバシーを確保できるよう目隠しのカーテンが付けられ、極めて快適な住環境が整っている。無論、それらを用意したのはヘルディナだ。

鉄色の檻の中で、これまでとほとんど変わらない、白いシャツに黒のベストとズボン姿のザシュが、椅子から立ち上がってヘルディナを出迎えた。魔法の込められた檻の扉も主を招くように自ら開き、ヘルディナはテーブルの上に銀の盆を置く。盆の上に載せられた朝食が、食欲をそそる匂いを漂わせていた。

彼は、口元を緩めながら小首を傾げる。

「俺が食事を運んでもらうなんて、逆じゃないんですか？」

「何を言ってるの。あなたが屋敷を自由にうろついてたら、監禁してることにならないでしょう？　それに、ユリウス様にもあなたを檻に繋《つな》いでおけと言われたもの」

「確かにそうですね。この監禁は、いつまで続けてもらえるんですか？」

監禁を続けて〝もらえる〟とは、おかしな表現だが、ヘルディナは敢えて触れなかった。

昨日から、ザシュは何故かとても嬉《うれ》しそうなのだ。

「そうね、ユリウス様からの正式な処分決定が通知されるまでかしら？　だから、あなたは少しの間、この状態で……いるのよ」

我慢しなさいと言おうとしたが、彼が不快感も不満も抱いていないような顔で――むしろ喜んでいるような顔をしていたため、ヘルディナは話が拗《こじ》れない言い回しを選んだ。

ザシュの監禁継続はユリウスからの命令でもあるし、それでなくても、死亡率九割超えの彼を迂闊《うかつ》に外に出すのはヘルディナが落ち着かない。

（ザシュを絶対に生かしてみせるわ）

ヘルディナの今後の方針は決まっている。

ザシュの命を守る。

そして、彼の今後のために、染みついた下僕精神を更生させる。

自らの破滅も回避するため、クリステルたちには関わらない。

この三つだ。

そのための準備を、早速今日から始めるつもりだ。

「そういえば、旦那様やドリオ様からのご連絡はありませんか？」

「まだよ。ユリウス様はメイエル家にまで責任追及はしないと思うけれど……今のわたしたちにできることは、大人しく謹慎しておくことだけ――さぁ、お茶が入ったわよ」

紅茶をカップに注ごうとすると、すかさずザシュの手が横から伸びてくる。ヘルディナはするりとその手をすり抜け、視線で椅子を指し示した。

「あなたは座っていなさい。昨日の慌ただしい引っ越しに、荷運びで疲れたでしょう」

というのは建前で、推しのお世話をしたいのである。

ヘルディナの心中はさながら、付き合いたての彼氏に手料理を振る舞いたい女子もしくは久方ぶりに帰省した息子にあれこれしてやりたい実家の母。

構いたくて仕方がないのだ。

主人が譲る気がないと悟ったのか、ザシュは行儀よく足を揃《そろ》えて椅子に座った。

「使用人たちは、寄りつかないままですね」

昨日、この屋敷に到着したヘルディナが、部屋に檻を運び入れるのは使用人たちには衝撃だったようで、ザシュが監禁されている件は、朝には屋敷中に広がっていた。

おかげで、部屋には用がなければ誰も寄りつかない。

「静かでいいわよ。学園は、落ち着かなかったもの――ほら、冷めないうちに食べて」

「こんなには食べきれませんよ」

眉を下げて困った表情をしたザシュに、ヘルディナの胸はじわりと温かくなる。

ゲーム内で、ザシュの表情筋はほぼ活躍を見せず、彼は使命に対してひたすらに従順で自分の感情を押し殺す青年だった。

ヘルディナとしての記憶の中でも、ここ最近の彼はそうだった。

そのザシュが今、甘えた顔を見せている。それが嬉しいのだ。

（更生の第一歩ね。ザシュは幼い頃、もっと素直で、泣き虫で、可愛い子だったもの）

二人が出会ったのは、ヘルディナが八歳のときだ。

彼はまだ四、五歳の子供で、教会が運営する孤児院で他の大勢の子供たちと共同生活を送っていた。しかし、貴族でも珍しいほど豊かな魔力を持つザシュは、扱い方を知らず感情に振り回されては魔力を暴走させて騒動を起こし、孤児院で持て余されていた。

初めて会った日、彼は額に傷を負っていた。広間の隅で膝を抱えて座り、ぱっくり開いた傷から血が流れているのに、助けも呼ばず、大きな目からぽろぽろと涙を零して声もなく泣いていたのだ。ヘルディナもまだ幼い少女ながら、その光景にひどく心が痛んだのをよく覚えている。

そんな彼を、ヘルディナは金で買い取ったのだ。ヘルディナの父であるメイエル侯爵も、ザシュの能力を高く評価し、「いずれ役に立つだろう」と承諾した。

ヘルディナは彼の傷を治してやり、侯爵家に連れ帰った。初めは野良犬さながらに警戒心の強かった彼だが、一週間もするとヘルディナにすっかり懐き、姿が見えないと不安がって探し回るようになった。弟ができたような気持ちで、ヘルディナは今と同じく彼に構いたがった。

ヘルディナが十歳になると、花嫁教育であちこち忙しく飛び回り侯爵家を空けることが多くなり、それ以降は彼と過ごす時間をほとんど持てなかったが、彼と過ごした幼い頃の二年間は今もヘルディナの胸に大切にしまわれている。

ヘルディナにとって、彼は家族同然で、前世の自分にとっては、かけがえのない愛しい人。

「ほら、残さず食べるのよ。あなたは育ち盛りなんだから、これくらいは普通よ」

年長者ぶってヘルディナが言うと、ザシュは、照れくさそうに薄い唇から尖《とが》った犬歯を覗《のぞ》かせた。

「小さい頃、ヘルディナ様に今と同じことを言われました」

「そうだった？　でも、言ったかもしれないわね。だってあなた、とても痩せていたもの」

「ヘルディナ様は、召し上がらないんですか？」

「わたしは後でいいわ。今はまだ欲しくないの。あなたが全部食べ終わるまで、ここでしっかり見張っておくわね」

というのはやはり建前で、推しがもぐもぐしているのを見たいのである。

ヘルディナは、彼の食事風景が一番よく見えるであろうテーブル越しに座り、細かな調整のため数回椅子を引いた。そんな主人の下心を知ってか知らずか、ザシュはまた口角を上げ、無邪気な表情を見せた。

「なんだか、昔に戻ったみたいですね」

「そうね。こうして一緒にゆっくり過ごすだなんて、小さい頃に戻ったみたいね」

「それもですけど、ヘルディナ様のことです」

「え?」

「いただきます」

ヘルディナの声は聞こえなかったのか、ザシュはきちんと神に祈りを捧《ささ》げてから、香ばしい匂いを放つパンに噛《かじ》り付いた。


夕方から降り続く雨は、夜になっても窓を激しく叩《たた》いている。

幽霊屋敷を地で行く館の自室で、ヘルディナは紙にペンを走らせていた。

窓に向かって置いた机に噛り付き、魔法の炎が揺れるランプで視界を確保しながらヘルディナがしたためているのは、ゲームシナリオでの今後の展開だ。

ユリウスルートについて、思い出せる全てを書き出してみた。行方不明になったザシュの生存説を検証したくて何周もプレイしていたおかげで、幸いにも内容は頭に入っている。

ゲーム本来の筋書きから外れて、ザシュとともに領地謹慎で済んだとはいえ、まだまだ安心はできない。ザシュの命を守るため、ヘルディナ自身が破滅しないため、できることはしておくべきだ。

(なるほど。サンデル修道院は、ブラウェ地方にあるのね……)

ユリウスルートで、婚約を解消されたヘルディナは、山中にあるサンデル修道院に移送される。だが諦めの悪いヘルディナは、修道院を抜け出し、自分から全てを奪ったクリステルと彼女に心変わりしたユリウスを亡き者にせんと魔霊と呼ばれる魔物の一種を召喚する。シナリオの山場で、ヘルディナが呼び出した魔霊という強敵に苦戦を強いられるユリウスの姿に、クリステルの愛情が彼女の真の力を呼び起こし、《聖女の首飾り》と呼ばれる宝珠によってユリウスの力を最大限に高め、魔霊を討伐。力に目覚めたクリステルは、晴れて王子との婚姻を認められ、幸せに監禁されてめでたしである。

（ゲームの通りなら、魔霊の弱点はわかるのだけれど……）

しかし、今のヘルディナには魔霊についての知識はほとんどない。

魔物の上位種とされるが、幽霊にも似た実体を持たぬ存在で、数百年に一度現れては取り憑《つ》くように人間の命を吸い取るといった伝説程度のことしか知らないのだ。

ゲーム内では描かれなかったこの国の歴史や、ヘルディナの家族構成、ザシュとの過去は、記憶として確かに自分の中に存在しているのに、魔霊についてはネドラント王国の国民と同程度の知識しか持っていない。

（ということは、よ）

魔霊を召喚する方法をヘルディナが摑《つか》むのは、これからになるのだろう。

正しくは、本来ヘルディナが辿《たど》るはずだった未来で摑むはずだった、というべきか。

サンデル修道院。

紙に記した文字を大きく丸で囲む。

「絶対に近付いてはいけないわ」

「……後ろにも目があるんですか？」

「ひぃっ」

飛び上がったヘルディナが机にしがみつくようにして振り返ると、寝間着姿のザシュが小首を傾げていた。

「ザシュ……驚いた。何をしてるの？」

「眠れなくて。ヘルディナ様は何をされてるんですか？」

「ちょっとした書き物よ。もう終わったわ」

インクの乾ききっていない紙を慌てて折りたたみ、引き出しの中に仕舞い込む。いそいそと机の上を片付け、ヘルディナは椅子から立ち上がった。

「わたしもそろそろ眠るわ。ザシュも部屋に戻りなさい」

「……それが、俺の部屋、出るみたいなんです」

「何が？」

「……幽霊が」

「何を言ってるのよ。そんなわけ…………………ないでしょう？」

語尾は疑問形になってしまった。ヘルディナとザシュはしばらく互いに「幽霊なんて」とどちらかが言い出すのを待って、無言で見つめ合った。

ひゅうひゅうと窓外で鳴く風と、明かりが揺れる薄暗い室内は雰囲気たっぷりで、ヘルディナはこくりと唾を飲み下した。いるはずがない。幽霊なんて、子供を早くベッドに放り込むための迷信だ。そうでなくては困る。

「ゆ、幽霊なんて……」

「上から、女の人のすすり泣く声が聞こえるんです。時々、揺り椅子が床を軋《きし》ませるみたいな音も……俺の勘違いかどうか、確認してもらえませんか？　一緒に」

嫌だ、と思ったヘルディナだったが、隣室に出るかもしれない恐怖を抱いて眠るなど、想像しただけで恐ろしい。確認するのもしないのも怖いなら、いっそ見てしまえと思うのは人間の本能なのだろうか。

ザシュがランプを持ち、二人は忍び足で続き間に接近した。

開けっ放しにされたドアから中を覗く。

暗い室内は、真ん中に巨大な黒い塊があるという以外目視できない。心なしか、ヘルディナの部屋より室温も低い気がした。

（幽霊がいる部屋は寒いと言うわよね……）

前世で聞きかじった知識が、更に恐怖を助長して、ヘルディナの足はすっかり止まった。

「こっちです。聞こえるんです」

声を潜めたザシュが、ヘルディナの腕を引いて室内に入ろうとする。

夜の洋館で女のすすり泣く声など聞いてしまったら、取り憑かれてしまうのではないか。あまりの恐怖にヘルディナは小刻みに首を横に振ったが、ザシュが歩き出してしまったので、及び腰で付いていくしかなかった。

彼の腕に自分の腕をしっかり絡めて、慎重に檻の側に近付いていく。床板が軋む音にもいちいち飛び上がりながら檻まで辿り着くと、ザシュがシーッと人差し指を立てた。

ヘルディナも耳をそばだてると、確かに上から物音が聞こえてくる。

ギギッ、ギギッ……と一定のリズムで繰り返されるその音は、明らかに雨音とは違う。

ヘルディナの脳内に、ロッキングチェアーに揺られる女の幽霊が鮮明に浮かんだ。

(怖い怖い怖い怖い怖い怖い)

ザシュの腕にぎゅうっとしがみついたヘルディナは、額を彼の肩に擦りつけるように首を激しく横に振る。

「もういいわ、わたしの部屋に戻りましょう」

いるかどうかも怪しい魔霊より、目の前の幽霊の方が圧倒的に怖い。小声に滲《にじ》む恐怖はザシュにも届いたようで、彼は腕にへばりつくヘルディナとともに踵《きびす》を返した。

「あ、あなたは、今夜はここで眠るといいわ」

「ヘルディナ様、怖かったんですか?」

「ち、違うわ。あなたが心配なだけよ」

実際は怖いのである。今一人にされてはヘルディナが眠れない。

しかし、それを素直に認めるのは何だか癪《しゃく》で、ヘルディナはツンと取り澄ました。

「へぇ、ヘルディナ様は怖くないんですか。俺は怖くて眠れませんでしたよ。じゃあ、お言葉に甘えて、今夜はこちらで寝かせていただきます」

唇の片端を引き上げたザシュの返事は、やけに白々しく抑揚がなかったが、ヘルディナはそれどころではなかった。

(魔法がある世界なんだもの。幽霊くらいいるわ。出るんだわ、この家……)

幸い、ヘルディナの部屋には古いがまだまだ現役の寝椅子がある。きっと、彼もそれを目当てに部屋に来たのだろう。

「明かりを消しますね」

言うが早いか、ザシュがランプの炎を吹き消してしまう。明かりが消えると急に心細くなったが、ヘルディナは続き間を警戒しながらいそいそとベッドに入った。

立派な天蓋付きのベッドに掛けられた掛布をめくり、中に足を突っ込むと、何故か隣にザシュが潜り込んでくる。

「えっ」

「え?」

驚きの声をあげたヘルディナに、ザシュも困惑の声を上げている。

「ちょっと、何をしてるの?」

「ベッドに入ってます」

(違う、そうじゃないのよ)

「こういうの、懐かしいですね」

心の中で突っ込みを入れていたヘルディナに、ザシュの弾んだ声が届く。

「小さい頃も、俺が眠れないときは、ヘルディナ様がよくこうして一緒に寝てくれました」

引き取って間もない頃、ザシュは眠れないと言ってヘルディナの部屋をよく訪れていた。幼い子が自分に懐いているのが可愛くて、ヘルディナは翌朝大人に怒られるのも覚悟のうえで、彼をベッドに上げてやった。しばらくしてザシュの寝息が聞こえてくると、年少者への愛おしさを感じたものだった。

「そんなこともあったわね……」

「最後に一緒に寝たのが、いつだったか覚えてますか？」

「わたしが、九歳くらいのときだったはずよ」

懐かしい思い出が蘇《よみがえ》ってくる。自分より小さな存在を守る優越感と、慕われる喜びと、それらより遥かに大きな無償の愛が湧きあがってくる感覚は、ヘルディナの中に今もはっきりと残っていた。

互いにもう子供ではないが、隣にいるザシュが、ヘルディナにはまだまだ人恋しさを抱える少年に見えた。

（きっと、わたしに甘えているのよね？）

このところ、人が変わったように冷たかったヘルディナがようやく昔のヘルディナに戻って、彼も嬉しいと感じてくれているのが伝わってくる。

（ザシュもまだまだ子供ね）

ヘルディナは心の中でくすりと笑い、静かにベッドに横になった。

幽霊の件もあることだ。今日くらいは、可愛い弟のような彼と一緒に寝てもいいだろう。

ヘルディナが眠る体勢に入ると、ザシュも隣にゆっくりと身を沈め、体にそっと上掛けが掛けられる。

「ヘルディナ様、おやすみなさい」

「うん……おやすみ、ザシュ」

目を閉じると、肩と肩が密着し、彼の温もりを強く感じた。

幽霊屋敷で推しと添い寝していると思うと、今にも叫び出しそうになるのに、それと同時に、驚くほど穏やかな気持ちになっている自分がいる。

自分にとっても彼の体温は安心できるものなのだと再認識して、ヘルディナの意識はゆっくりと遠のいていった。

眠気の波に揺られ、ふわふわとした意識が完全に途切れる直前に、「警戒心なさすぎじゃないですか」と笑みを孕《はら》んだ声が聞こえた気がしたのに、翌朝目覚めたヘルディナは、そのことをすっかり忘れてしまっていた。

＊　＊　＊

あの日、顔を上げた先にあった彼女の姿は、今でもはっきり覚えている。

金色の髪をした少女だった。見たこともないほど澄んだ青の瞳に、空に浮かんでいるはずの星が瞬いていた。額の傷が痛くて泣いていたのに、彼女の瞳に見入って涙が止まった。

彼女に引き取られて、人生が変わった。侯爵家の立派な屋敷に連れられたザシュは、清潔で安全な環境と、温かな食事と教育を与えられた。ヘルディナとの会話で言葉を学び、守られている安心感が魔力を制御する心を育てた。

芝の上を裸足で歩く心地よさも、大人の目を盗んで遊ぶ楽しみも、夜更かしで得られる満足感と後悔も、全部彼女が教えてくれたのだ。

充実した二年が過ぎると、彼女は突然ザシュの前から消えた。

「ヘルディナ様は、王子様の花嫁になるための準備に入られたのよ」

「それも貴族の務めなんだよ」

大人たちはわけのわからないことばかり言う。ザシュはヘルディナがいなくなってしまったのだと毎日泣いて過ごしたが、彼女はひと月も経つと帰ってきた。

「あら、ザシュはわたしがいなくて寂しくて泣いてたの？　大丈夫、あなたを置いていなくなったりしないわ！」

彼女はいつもと変わらずぎゅうぎゅう抱き着いてきて、髪をまた櫛《くし》で梳《す》いてくれる。孤児院では切ってもらえず伸ばしっぱなしだった黒髪を、彼女はいつも「綺麗《きれい》だ」と褒める。そうして彼女が髪を梳いてくれる時間がザシュは好きだった。

「わたしね、たくさんお勉強しなくちゃいけないの。だからずっと家にはいられないんだけれど、月に一度は帰ってこられると思うわ！」

そうか、彼女は帰ってくるのか。自分を見捨てたわけではなかったのか。

「レッスンはね、すごく厳しいのよ。この間は、ずーっと足の上に重しを置かれて、姿勢を固定されて、動くと手をつねられたのよ」

ザシュは幼いながらに、そんなひどいところからどうして戻ってこないのかとヘルディナに尋ねた。彼女の両親は、彼女がひどい目に遭わされていることを知らないのではないか。優しい彼女の兄なら、力になってくれるのではないか。ザシュは考え得る限りの策を、知っている全ての言葉を使って彼女に伝えた。しかし、彼女はいつになく悲しそうに笑い、何度か瞬きをした後には、すっかり大人びた表情になっていた。

「そうもいかないの。わたしの力は、とても特別なものなの。国のために、国民のために、正しく使わなければならないのよ。だけどそうするためには、たくさん学ぶことがあるの」

自分が畑仕事も牧畜もせずに、美味しい食事を食べて、温かいベッドで眠り、何不自由なく生きているのは、幸運なだけではなく課せられた使命があるからだと彼女は言う。勝手に授けられた力だ、欲しくなんてなかったとザシュは思ったが、彼女は「見えないだけで、皆それぞれに役割がある。わたしたちは特別見えやすい形でそれを授かっただけ。天命を恨んでも解決しない」と説明した。その説明は、幼いザシュにもわかりやすく、胸に響くものがあった。不平不満を並べてばかりの大人を何人も見てきたが、そんな大人たちより、彼女はずっとザシュの目には大きく映る。

「本当は、わたしだってザシュとずーっと遊んでいたいけれどね。前向きにいきましょ。

わたしも頑張るから、ザシュも、わたしがいなくても泣かずに、魔法の訓練やお勉強を頑張るのよ？　あなたの力は、誰かを救える力なんだから」

ヘルディナは、ザシュの力を「人を救える力」だとよく言ってくれた。ザシュはヘルディナのような特性もなく、普通より魔力が多いだけで、その魔力も攻撃に特化したようなもので人を癒やしたり助けたりする力ではない。しかし、ヘルディナが「誰かを救える力」だと言ってくれるなら、ザシュは信じてみることにした。

もし自分の力で人を救うことができるなら、誰よりも彼女を救いたい。

大好きなヘルディナを救えるなら、この力を授かって良かったと思える気がする。

「そうだ、これをあげるわ。わたしのとっておきのリボンなんだから。寂しくなっても、わたしと繋がっていられるように」

それは、彼女が特別な日にしかつけないと決めている赤いリボンだった。彼女はそれでザシュの伸びた襟足をまとめ、兎《うさぎ》の尻尾のように短い髪から、細いリボンがひらひらと揺れた。

女の子のようで恥ずかしいとは思わなかった。これは、彼女と自分を繋ぐ大切な赤い糸だ。

離れていても、繋がっている。

月に一度帰ってくるかどうかのヘルディナを、ザシュはそう信じて待っていた。

＊　＊　＊

屋根裏部屋のドアを開け、中を窺《うかが》う。

老婆の指が交差したような梁《はり》が天井を支える広い空間は、三つの小窓から陽の光がたっぷり入る物置で、そこに揺り椅子はなかった。

「ないですね」

振り返ったザシュに頷《うなず》き、ヘルディナは意を決して中に入ろうと彼に視線で訴える。

「本当に入るんですか？　お清めするんですか？」

「入るわよ。お清めするんだから」

ヘルディナの手には、台所から調達した、塩の入った小瓶が握られている。

今朝早く目覚めたヘルディナは、顔を洗っているときも、着替えのときも、ザシュが檻に戻ってからも、階上の幽霊が気になって仕方がなかった。謹慎中のヘルディナは外出もできないのだから、このままでは幽霊のことばかりを考えて一日が終わってしまう。

（そんなの、いつか心を病むわ。病んでるのは周りの攻略対象たちだけで十分よ）

万が一にも屋根裏に揺り椅子があり、いわくありげな様子ならば、塩程度で解決できる気はしない。そのときは、後から屋敷にやって来た自分の方が別の部屋に移動しようと心に決めている。

しかし、やはり昼間であろうとも怖いものは怖い。ヘルディナは昨夜の再現のようにザシュの後に続き、及び腰で屋根裏に足を踏み入れる。

入ってみると、屋根裏はいかにも幽霊が出そうな場所ではなかった。少し埃《ほこり》っぽさはあるものの、やや高い位置にある小窓からはよく陽が射して中は明るい。収納された荷物は『馬具』や『敷布』など中身が記された木箱にきちんと仕分けされて積まれ、しっかりと管理されている様子だ。

ヘルディナは、ふと風と緑の匂いを感じた気がして窓を見上げた。

「あら、開いてるわね」

三つある窓の中央のひとつが、わずかに開いている。その窓の下は、昨夜の雨で濡《ぬ》れたらしく床の色が変わっており、壁には窓を開閉するために使用したらしき長い棒が置かれていた。誰かが掃除のときに小窓を開けたものの、閉めるのを忘れたのだろう。

「きっとこれね。昨日の幽霊の正体は」

風に煽《あお》られた窓が開閉を繰り返し、隙間から吹く風が女のすすり泣く声に聞こえたのだ。そうに決まっていると、ヘルディナはザシュの腕にしがみついたまま力強く頷く。

彼女を見下ろす赤い瞳が柔らかに眇《すが》められていき、ザシュが小さく肩を揺らした。

あまりの怯《おび》えように笑われたのだと感じたヘルディナは、彼の腕をぱっと放して朱の差した顔をついと背ける。

「ほ、本当に幽霊なんていないのよ。これのせいなんだから」

「そうですよね。幽霊なんて気のせいだとわかったことですし、塩もいりませんよね？」

「それは…………一応ね。置いておくだけだから。せっかく持ってきたのだし」

ヘルディナが気休めの塩を部屋の隅に設置すると、ザシュは高い小窓を見上げ、それから周囲を見回し、窓を開閉するために使われていたのであろう棒を手にした。しかし、経年劣化によるものなのか、窓が歪《ゆが》んでいるようでうまく閉まらない。

「古い建物だものね。修理してもらいましょう。だけど、また雨が降ったときに、床が濡れて腐り落ちてしまいそうで怖いわね」

濡れた床を見ながら息を吐いたヘルディナに、ザシュが唐突にその場に膝をついた。

「ヘルディナ様、俺に乗って閉めてください。それなら届くと思います」

「あなたの上に乗るの？　でも……」

「どうぞ、踏みつけてください。俺は平気です」

「いえ、そういうわけにはいかないわ……」

周囲に椅子はなく、踏み台に使えそうなものは木箱くらいだが、人の体重を支えられる強度があるか疑問は残る。しかし、いくら何でもザシュを踏み台にするのは気が咎《とが》める。迷いながら木箱とザシュを見比べていると、彼が不意に立ち上がり、向かい合ったままヘルディナを抱き上げた。

体が宙に浮いた驚きに小さく声をあげてザシュにしがみつきそうになったが、自分を見上げる彼が安定して立っていることに気付くと、彼への信頼がヘルディナの背をぴんと伸ばさせた。いつもより随分と高い位置に視線がある戸惑いを抱きながらも、手を伸ばして掌できつく押せばミシミシと音を立てて窓は閉まった。

「閉まったわよ」

顔を輝かせてヘルディナはザシュを見下ろしたが、彼は微笑むだけで動こうとしない。

窓から射す柔らかな日差しに彩られているせいか、その表情は満ち足りた幸せが滲んでいるようだった。彼のそんな顔を見るのは、幼い頃以来だ。しかし、あの頃自分より小さく弱い存在だったはずの彼が、今は自分を抱き上げている。

その変化は、ヘルディナの胸をひどく高鳴らせた。

前世で愛した不憫《ふびん》な彼の、その後の幸せなひと時を垣間見ている気には、あまりならなかった。それは、彼のこの表情を、既に知っているからだ。

会えない時はあっても、彼と出会ってからの十四年間の思い出が、ヘルディナの胸の中できらきらと輝いていた。

＊　＊　＊

従僕の青年に抱き上げられて頬を染める領主の娘の姿は、偶然その場を目撃したメイドによりその日のうちに屋敷中に広まり、ヘルディナの知らぬうちに、従僕を監禁する非道な令嬢という誤解は解けていたのだった。

「この檻はどういうことなんだい、ヘルディナ⁉」

ヘルディナの様子を見に屋敷を訪ねてきたドリオは、三角形の眉を痙攣《けいれん》させながら、ザシュのいる牢《ろう》を指差して叫んでいる。

領地に戻ってから、早五日。

ドリオを待ち受けていたのは、鉄格子越しにお茶を楽しむ妹とその従僕の姿だった。

お茶の準備をしているメイドも檻にすっかり慣れてしまった様子で平然としているため、ドリオは「僕がおかしいのか⁉」とひどく取り乱した。

そんな兄に、ヘルディナは顔を隠すようにカップを傾けながら応じる。

ドリオには申し訳ないが、とてもではないが詳細は説明しきれない。

「御覧の通り、監禁しているのです。ユリウス様からのご命令でもありますもの。ねぇ、ザシュ？」

「はい、ご主人様」

息ぴったりのやり取りに、ドリオは溜息《ためいき》とともに、自らの膝に突っ伏すように身を折った。

「反省して自ら謹慎を申し出たというから、どんなに悔い改めたのかと思ったら……全く懲りていなかったなんて……」

「そのようなことはございません。今後は、決して悪事は働かないと誓います」

「監禁は立派な悪事だよ！」

体を起こしたドリオは泣きそうな顔をしていた。

「まったく、君たち二十期生は……どうしてこうも個性派揃いなんだろう……。ユリウス殿下に、オスカー殿下に、他にもいろいろ……」

魔法学園の門は、五年に一度、十七歳以上の貴族の子弟が高等技術を学ぶ場として一年間開かれる。第一王子のユリウス、第二王子のオスカー、ヘルディナたちは第二十期生で、ドリオがあげた個性派たちが攻略対象を指すことは言うまでもないだろう。

（だけど言われてみると確かに、個性的というか、特殊な面々が集まりすぎているかも？）

ゲーム内に名前すら登場しないドリオはこんなにも一般的な感覚を持っているのに、彼らはさもそれがこの世界の常識のように心に闇を抱えている。

それも、乙女ゲームに登場するキャラクターの宿命なのだろうか。

それとも、その世代の共通点のようなものなのか。

「わたしはあれほど特殊な価値観は持ち合わせておりません」

「いや！　よく言えたものだよ！」

ドリオは大きな身振りで檻を指差し叫んでいる。すかさずザシュが鉄格子を掴み、首を横に振った。

「ドリオ様、これには訳があるんです」

「……聞こうか」

「これは、自分の望みでもあるんです」

「…………わかった、君は少し黙っていなさい」

この部屋に入ってから老けた気配さえするドリオは、両手で顔を覆い、「母上、助けてください」と亡き母に呼び掛けている。

しばらくして天からの返事がないと悟ると、彼は疲れ果てた様子で顔を上げた。

「……まぁ、うん。この監禁についてはユリウス殿下のご命令説を信じておくとして、メイエル家のことは、心配しなくてよさそうだよ」

ヘルディナの前に、ドリオは折りたたまれた紙を差し出した。

「オースルベーク公爵領で生活用水の汚染が発生しているらしくてね。僕の力を借りたいと仰っているんだ」

それは王の従弟にあたるオースルベーク公爵からの、ドリオに対する救援要請だった。

魔物の脅威に対処するために、こういった貴族間での協力はよくある。しかし、ヘルディナの『補助』の特性と違い、ドリオの『浄化』はそう珍しいものではない。彼が優秀であることは事実だが、他にも当てはあったはずだ。

オースルベークは、メイエルを見捨てないと周囲に示したのだ。

「良かった……お兄様のお人柄と、抜きん出た才あってのことですね」

「違うよ。これは、君のおかげなんだ。ヘルディナは、ユリウス殿下との婚約が決まってから、オースルベーク公爵夫人から礼儀作法を教わっただろう？」

ヘルディナは、八歳のときに『補助』の特性を見出されてユリウスの花嫁候補となり、十歳の頃から、王宮や公爵家で厳しい淑女教育と魔力制御訓練を受けてきた。

その世話になった先のひとつが、オースルベーク公爵家だ。

オースルベーク公爵夫人は、いつも鋭い目を更に吊《つ》り上げるように髪をきつく結い、見るからに厳格な人だったが、レッスンが終わると甘いお茶とお菓子でヘルディナを労ってくれた心優しい貴婦人だ。姿を思い浮かべるだけで、彼女が好んで飾っていた、白い花の清楚《せいそ》な甘い香りまで蘇る。

「夫人は、今回の噂《うわさ》を耳にして、ヘルディナが理由もなくそんなことをするはずがないと庇《かば》ってくださったんだよ。夫人は真実を知った今でも、君の味方でいてくれている。たとえ同じ『補助』の能力を持っていたとしても、八年間も親元から離れて必要な教育を受けてきた婚約者を蔑ろにしてまで、庶民を選んだユリウス殿下にも問題があったと。それに、父上も同じお考えなんだよ」

メイエル家は、ヘルディナの生まれ持った能力や、彼女がユリウスと婚約したことで様々な恩恵を受けてきた。今回の件で切れてしまう縁もあるだろうが、家族はヘルディナを疎ましく思っていないとドリオは語った。

「ただ当然、君をよく思わない方も世間にはいらっしゃるから、ほとぼりが冷めるまでは家には戻らずにと、そういうことなんだ。ヘルディナが思っているほど、風向きは悪くないんだよ」

ヘルディナの肩に重く圧し掛かっていた罪の意識が、ほんの少し、下ろされたようだった。

　卒業祝典のあの夜から、もし自分のせいでメイエル家にも悪影響を及ぼしてしまったらと、ずっと不安だった。

　この世界の貴族社会は、能力重視な面が強い。魔物の脅威がある世界で強い力を有する者は、国の力そのものだ。そして、魔力はザシュやクリステルのような突然変異的に現れる者以外、血脈により受け継がれる。メイエル侯爵家は建国以来連綿と続いてきただけでなく、幾人もの優秀な能力者たちを輩出した由緒ある家柄だ。そのメイエル家の礎が今回の騒動で脆《もろ》くも崩れ去るような事態にはならないだろうとヘルディナは考えていたが、それは半分以上がヘルディナの希望でもあった。

　ヘルディナが家名に泥を塗ってしまったのは、否定しようのない事実だからだ。

（だけど、皆がヘルディナを見限ったわけではなかったのね……）

　ゲームでは描かれなかった部分が、こうして今目の前で起こっている。ようやくシナリオから外れた気がしてきた。

「そのお話が伺えて、安心しました。これで、メイエル家がわたしのせいで没落していくこともありませんものね。オースルベークの件も、お兄様の力ならすぐに解決できると信じております。移動は、転移門を利用できるのですか？」

「ああ、勿論《もちろん》だよ。オースルベークまで馬車で行ったら半月はかかる」

　転移門とは、魔法によって空間を繋ぐ鳥居に似た門のことだ。

ネドラント王国には領地ごとに最低一つは転移門が建設されており、貴族はこれを利用して各地へ赴く。転移門から目的地までは馬車だが、馬車のみで移動するより大幅に移動日数を短縮できるのだ。建造費用や維持費がかかるうえに領民には恩恵のない施設だが、貴族には必要不可欠なもので、メイエル侯爵領にも三つの転移門がある。

「お帰りをお待ちしております」

「三日後には発つ予定だから。留守の間、わかってるよね？」

「わかってる、とは？」

「せっかく希望が見えてきたんだ。これ以上、事態を悪化させないでくれってことだよ」

ドリオは意図的にザシュの方を見ないようにしているらしく、彼の言いたいことを理解して、ヘルディナは明後日の方向に顔を背けながら「心得ております」と答えたのだった。

*　*　*

ドリオがオースルベークに発った翌日のことだ。

ヘルディナが謹慎する屋敷に、ユリウスが視察の名目で急遽《きゅうきょ》来訪するとの知らせが入った。突然の来訪など礼を欠く行為だが、ヘルディナは自ら謹慎を申し出た身であり、王族の彼の要請を拒むことはできない。

気を引き締めて待ち受けるヘルディナの元にユリウスたちがやって来たのは、昼を回った頃だった。

蔦模様が縫い込まれた、揃いの赤い衣装を纏《まと》った二人を前にして、ヘルディナは硬い表情を崩さない。それは緊張というよりも、ユリウスに相応しい淑女であれと長く厳しい教育の末に骨の髄まで染みついた習慣に近い。

部屋に入った途端に、ユリウスは自分に続くクリステルを片手で庇い、足を止めた。

「お前の薄汚い下僕は、檻に繋いでおくはずではなかったのか」

ユリウスは部屋の隅に佇《たたず》むザシュを指さし、ヘルディナを厳しく睨《にら》みつけた。ヘルディナとて、できるならザシュをユリウスと対面させたくはなかったが、ザシュはどうしても同席すると譲らなかったのだ。『俺は自力で檻を出られますよ』の彼の一言が決め手になり、ヘルディナは渋々彼の同席を許可した。

「普段は檻に入れ、外に出ることを固く禁じております。ですが、今日は突然のご訪問でしたので、使用人の代わりに、わたしがよくよく躾《しつ》けた犬を置いているにすぎません」

「その犬がクリステルを狙ったことは忘れたというのか？　それとも、まだクリステルを狙っているのではないだろうな」

「そのようなことはありません」

ヘルディナはきっぱりと断言したが、ユリウスはちらとザシュを一瞥《いちべつ》し、意地悪く唇の端を吊り上げた。

「ならば、お前の犬に奴隷紋で命じろ。お前の許可なく動くことを禁じておけ」

奴隷紋をあれだけ非難したユリウスが、今は奴隷紋の効果を試してみたいと残酷な好奇心を滲ませている。

（残酷なのはあなたも同じよ、ユリウス様）

命に関わること以外で、ザシュを服従させるのはヘルディナの本意ではない。しかし、ここでユリウスの命令を退ければ彼の不興を買うのは間違いない。反発は得策ではないと判断したヘルディナは、ザシュに「わたしが許可する以外の行動は、一切してはならない」と彼に命じた。

ザシュの奴隷紋に二つ目の赤い印が刻まれると、部屋の中の危険因子を排除したとばかりに、ユリウスは室内をぐるりと見回し不満げに鼻を鳴らした。

「随分と快適そうだ。これでは罰にならない。やはり、お前だけでも牢に入れるべきだった」

「ユリウス、ひどいことはしないで」

クリステルは華奢《きゃしゃ》な首をふるふると横に振っている。銀色の髪が涼やかに揺れる様は美しいが、「綺麗ね」と褒める気にはなれない。

「……それで、どのようなご用件でお見えになったのでしょう？」

「用を済ませて早く帰れと言いたいのか？」

「そのようなことは申し上げておりません。わたしと違い、殿下はお忙しいと思ったままでです」

「見え透いた言い訳を。まぁいい。お前が預かっている《聖女の首飾り》を返してもらおう」

「あぁ……」

ヘルディナは得心して、ザシュに首飾りが納められている宝石箱を運ばせた。

螺鈿《らでん》装飾の宝石箱を開けると、赤い天鵞絨《ビロード》の上に収められた銀色の輝きを放つ首飾りが姿を見せる。

蔓草《つるくさ》模様を象る鎖が、中央で翡翠色《ひすいいろ》の丸い宝珠を巻き込んだ首飾り。

これこそが、王家に伝わる《聖女の首飾り》だ。

この《聖女の首飾り》にあしらわれている石は宝石ではなく、魔力を通して初めて真価を発揮する、宝珠と呼ばれる特別な石だ。数百年に一つ発掘されるかどうかの希少な宝珠は、天使の涙とも言われており、不思議なことに意思がある。宝珠が持ち主を選ぶのだ。

その中でも特に気位が高いとされる《聖女の首飾り》は、ネドラント王国の始まりより今まで伝わる歴史ある宝珠で、その役割も特殊である。

この宝珠は、王に近しい女が所有することで、王の力を人を超越した域まで高めるといわれている。

「きれい……」

ヘルディナの手元を覗き込んだクリステルが、うっとりと零した。

彼女は引き寄せられるように、翡翠色の宝珠に触れようと手を伸ばす。

その彼女の手を、ヘルディィナはぱしりと叩き落とした。

「触ってはいけません。この宝珠はとても気位が高いの。所有者以外は、手袋なしに触れることも許してはくれないわ。迂闊に触れては怪我をします」

「ご、ごめんなさい……わたし、知らなくて……」

知らないはずはない。宝珠については学園で講義があった。講義を全く聴いていなかったか、学んだことを忘れているかのどちらかだ。

しかし、《聖女の首飾り》は王家にとって大切な物。他の宝珠も国の宝として扱われている。平民のクリステルにとっては、触れるどころか目にする機会さえない代物だったはずだ。ただでさえ覚えることが人一倍多かったクリステルにとって、自分に関わりのない講義に身が入らなかったのだろうと想像はつく。

「怒っているわけではないの――」

「ヘルディィナ。クリステルを責めるな。恵まれた力を私利私欲のために使うお前のような魔女が、《聖女の首飾り》の正当な所有者であるような口ぶりも腹立たしい」

「お言葉ですけれど、今現在は、間違いなくわたしが《聖女の首飾り》の所有者です」

ヘルディィナは、ユリウスと婚約したときに《聖女の首飾り》に認められ、所有者となった。王族に見初められ、王の妃になれば所有できるわけではない。現に、今は亡きユリウスの母も、現在の王妃も、《聖女の首飾り》に認められていない。

《聖女の首飾り》が求める基準を、ヘルディィナは全て満たしていた。

それらは、一朝一夕で身につけたものではない。厳しく苦しい鍛錬を何年も重ね、自分を律し続けた。特別な力を授けられたからだけではなく、努力をしたのだ。

「御託はいい。お前が認められて、クリステルが認められないはずがない。早くクリステルに宝珠を渡せ」

「渡せと仰いますが、宝珠の譲渡には儀式が必要と殿下もご存じのはずです。準備をいたしますので、お待ちくださ
い」

ユリウスはうんざりしたように「早くしろ」と答えただけだった。


クリステルの手をしっかりと水で清め、白い手袋をつけさせたヘルディナは、翡翠色の宝珠を見下ろした。

（これでお別れです。選んでいただけて、光栄でした）

ヘルディナの思いを受け取ったように、翡翠色の宝珠がキラリと瞬き、やがて光を失った。

白い縞模様《しまもよう》が濃くなり、濁ったように向こう側が見えなくなった宝珠の変化はさすがにクリステルも気付いたようで、彼女が息を呑《の》む音が聞こえてくる。

「わたくしヘルディナ・メイエルは、このものクリステル・リュフトに《聖女の首飾り》を譲渡いたします」

宝珠に宣言したヘルディナは、白い手袋に包まれたクリステルの手の上に、慎重に《聖女の首飾り》を置いた。《聖女の首飾り》はクリステルを探るように、一度きらりと光を放ち、その光は意思を持った生き物のように放物線状に広がり、クリステルの体に降り注いでいく。その光が空気中に溶けて消えると、クリステルの掌の上で、宝珠が小刻みに震えた。

「きゃっ！」

唸《うな》るような低い響きとともに、クリステルの手の中から《聖女の首飾り》が滑り落ちる。ヘルディナは咄嗟《とっさ》に手を伸ばして《聖女の首飾り》を摑み、床に落ちて宝珠が傷付かなかったことにほっとしながら、元あった天鵞絨の上に恭しく置いた。

「……失敗です」

「何だと？　どういうことだ」

「どういうこともこういうこともありません。今ご覧になっていたでしょう？　宝珠はクリステルを認めず拒絶したのです」

「ただ滑り落ちただけではないのか」

納得がいかないユリウスは、クリステルにも説明を求めるような視線を投げた。

彼女は蒼白《そうはく》な顔で白い手袋を外し、掌を彼に向ける。彼女の小さな掌には、宝珠と同じ形の火傷に似た赤い跡ができてしまっている。

「突然宝珠が熱くなって……震えだしたと思ったら、跳ねるみたいに掌を蹴ったんです」

それこそが宝珠からの拒絶だ。

ヘルディナと同じ『補助』の力を持つクリステルは、本来《聖女の首飾り》の宝珠との親和性は高いはずだ。だが、彼女は自分の中に流れる魔力に目覚めてから日が浅い。鍛錬の熟練度は、おそらくヘルディナが《聖女の首飾り》に認められたときよりずっと低いだろう。

《聖女の首飾り》が契約者に求める条件は、豊かな魔力、己の力を制御する技術、国への忠誠心だと言われている。

まだまだ謎が多く、この世界の神秘とされる宝珠だ。それ以外の理由があるのかもしれないが、どれかが足りず、《聖女の首飾り》がクリステルを拒絶した可能性が高い。

ユリウスからの落胆を感じ取ったのか、クリステルは項垂れている。ヘルディナはそっと彼女の横顔を覗き込む。

「継承の儀は何度でも挑戦できます。正しく努力をしていれば、宝珠はいつか認めてくれるわ」

「偉そうなことを言うな！　お前がクリステルを拒絶するよう、宝珠に何か仕込んだのではないのか⁉」

「は……何を仰るのですか？」

いったい、何をどう仕込むというのか。

だが、思い込みの激しいユリウスはヘルディナのせいだと決めつけている。

「何をした、貴様！　お前得意の調伏魔法で、宝珠まで従わせているのではないだろうな！」

「調伏魔法は物には使えません。ユリウス様もご存じのはずです」

「なら何故クリステルに《聖女の首飾り》が扱えないというんだ！」

ユリウスの怒声とともに、稲妻が部屋の中を蜘蛛《くも》の巣状に走り抜けた。バチバチと派手な音を立てる金色の矢が部屋中を目にも止まらぬ早さで駆け抜けて、窓を揺らし壁を焦がして、テーブルの上のティーセットや花瓶を割る。

砕け散った食器の破片や、流れ出した紅茶やミルクがテーブルの上を伝ってヘルディナの足を濡らした。これにはさすがのヘルディナもげんなりした。

「ユリウス様、謹んで《聖女の首飾り》はお返しいたします。ですから、どうぞお引き取りを」

「……継承も済んでいないのに、帰れと言うのか」

「わたしにできることはありません。それはユリウス様もよくご存じのはずです。あとは、宝珠とクリステルの問題です」

ユリウスはハッと鼻を鳴らし、ヘルディナが両手で差し出した《聖女の首飾り》が入った宝石箱をひったくるようにして去って行った。彼に続くクリステルは、後ろ髪を引かれるようにドアの前で振り返り、何か言いたげな目でザシュを見ていたが、結局口を開くことなく、ヘルディナに目礼をして部屋を出て行った。

（まったく、お騒がせにもほどがあるわ）

これまでユリウスに批判的な感情を抱いたことはなかったが、今の彼はヘルディナの知る彼ではなく、ただの癇癪《かんしゃく》持ちだ。それだけ、愛するクリステルを傷付けてきたヘルディナが憎いということだろうか。

ヘルディナは溜息をつきながら割れたカップの破片が乗ったスカートを摘まんで立ち上がり、欠片をテーブルの上に落としていく。

「ザシュ、悪いけれど何か拭くものを持ってきてくれる？」

奴隷紋に追加した行動制限を解くと、彼はヘルディナの元に駆け付けた。

「お怪我は？　メイドを呼びます」

「怪我はないし、メイドも後でいいわ。先に着替えたいの」

紅茶やミルクや蜂蜜がスカートにべったりと染み込み、混ざり合った甘い液体がストッキングを濡らして靴の中まで滴っていた。ヘルディナが示したスカートを見て状況を把握したザシュは、急ぎ乾いた布と湯を張った桶《おけ》を用意した。

「ありがとう」

「靴をこちらに」

ヘルディナが椅子を引くと、ザシュは足下に跪《ひざまず》き、濡れた靴の紐《ひも》を外した。

下僕としての意識が強い彼は平気なのだろうが、傅《かしず》く異性に靴を脱がされる状況は、ヘルディナの胸を騒がせる。

「あとは、自分でできるわ」

「体を折ると、上まで濡れてしまいます。じっとしてください」

ザシュの手が静かにスカートの裾を膝の上にたくし上げ、ヘルディナは言葉を失った。

この世界の常識的には年頃の娘が足を異性に見せるなど、はしたないことだ。

思わず悲鳴を上げそうになったが、何とか出かかった声を飲み込む。

(ザシュは多分、そういう意識がないのよね……)

だから彼は、平気でヘルディナのベッドに入って来たりする。

本当なら主人として、年長者として、年相応の分別ある行動をと窘《たしな》めるべきところだが、今は動揺のせいでうまく説明できそうにない。

(早く終わらせてしまった方がいいわ)

ヘルディナは濡れたストッキングを脱ぐべく、スカートの裾に隠れたガーターベルトを自ら外した。

すると、ザシュは当然のように濡れてヘルディナの肌にまとわりつくストッキングを指先で引っ張り、引き下ろしていく。湿った布が肌に張り付き動きを止める度、ザシュの指が布の隙間から侵入して、肌を擽《くすぐ》られているような錯覚を起こした。

「あの……ザシュ?」

「何ですか?」

顔を上げた彼の表情はいつも通りで、過剰に意識してしまっている自分の方が気恥ずかしく、ヘルディナはぎゅっと唇を引き結んだ。彼に限って、そんないかがわしいことをするはずがない。これまでの彼との関係も、ゲーム内での彼も、ヘルディナに対して性的なところはひとつもなかったのだから。

ストッキングを脱がしたザシュは、椅子に座ったヘルディナが投げ出した白い足を、恭しく自らの片膝に乗せた。これでは、ザシュを踏みつけにしているようだ。

（ちょっと……これは何のプレイなの……）

傅く下僕を足蹴にしている気分だ。それに、愛しい彼の眼前に自らの素肌を晒《さら》していると思うと落ち着かず、ヘルディナは椅子の上で腰を浮かして身じろいだ。

「動かないでください。床は破片だらけです」

注意を促したザシュは、湯気を立てる桶に浸した布で、ヘルディナの右足を丁寧に拭っていく。どうやら彼がヘルディナの足を自分の足の上に置いたのは、破片を踏ませないためだったらしい。女王様と下僕の密戯かと思ったあさましい自分を猛省する。

（わたしの可愛い推しはそんなことをする子じゃないとわかっていたはずなのに……何を考えてるのよ）

ゲーム内で、唯一ヒロインとのキスシーンすら存在しない清い推しである。汚れた目で見ることすら罪だ。

「ご主人様、聞いてもいいですか？」

「何かしら？」

「《聖女の首飾り》がクリステルを認めなかったのは、どうしてですか？」

「それは……わからないけれど、彼女には、宝珠が求める何かがまだ足りないのよ」

「何か、ですか？」

「ええ。何が足りなかったのか、わたしにはわからないわ」

だが、ヒロインであるクリステルは、今でなくともいずれ《聖女の首飾り》に認められるようになるはずなのだ。

(ゲームでは、《聖女の首飾り》は結構あっさり手に入ったのよね……)

ゲームでも《聖女の首飾り》はヘルディィナの手元にあった。しかし、婚約破棄とともにヘルディィナは所有権を失い、クリステルは《聖女の首飾り》を手に入れすぐに所有者となる。宝珠が彼女を認めた事実は、やがてクリステルがユリウスに相応しいと反対派に認めさせる一助となるのだが――

「まだそのときではなかった、ということなのかしら……」

「……ヘルディィナ様が、宝珠を手放したくないと思ってるわけではないんですよね？」

小首を傾げ、上目遣いに尋ねるザシュの目には、不安が浮かんでいる。

きっと彼は、まだヘルディィナがユリウスに執着しているから、クリステルにわざと《聖女の首飾り》を譲渡しなかったのではと心配しているのだろう。

「それはないわ。それは、宝珠が何よりわかっているはずよ」

いずれクリステルは宝珠に認められるはずだが、それはいつのことなのだろう。クリステルたちの動向が見えないため、今彼らがシナリオのどのあたりにいるのかがわからない。

筋書き通りにことは運んでいるのだろうか。

（それとも、運命は変わり始めているの？）

小首を傾げたヘルディナの右足がそっと乾いた布の上に置かれ、今度は左足を濡れた布が丁寧に辿っていく。

「ヘルディナ様、火傷をされてませんか？　赤くなっています」

「え――」

ヘルディナが視線を落とすと、膝のすぐ上あたりの肌が確かに赤くなっている。きっと、熱い紅茶をかぶって軽い火傷をしてしまったのだろう。そんなにひどい火傷ではなさそうだと確認していると、ザシュの長い指がそうっと患部を撫《な》でた。

思いがけず直接触れられて、ヘルディナは椅子の上で小さく飛び上がる。

「少し腫れてる……こんなことになってたなんて……」

「こっ、これくらい、平気よ」

「痛くないですか？　魔法で治しては？」

「これしきのことで魔法を使っていては、体が駄目になるわ」

治癒魔法は便利だが、使いすぎると体本来の治癒能力が低下していくことがわかっている。水脹《みずぶく》れになるほどでもない軽い火傷に使うのは、却って体のためにならないのだ。

「大丈夫、少しヒリヒリするだけで、しばらくしたら何ともなくなるわよ」

言い聞かせるように微笑んだヘルディナに、ザシュは苦しげに表情を歪ませた。

「あの人は、ヘルディナ様を傷付けてばかりだ……」

彼の手はヘルディナの腿《もも》を挟むようにして、赤みを帯びる肌に唇を寄せた。

「なっ――」

何をしているの、と言いかけたヘルディナの声は、衝撃のあまり上擦ったまま掠《かす》れて消えてしまう。しかし、ヘルディナの反応など気にとめたふうもなく、ザシュは唇でヘルディナの肌を躊躇《ためら》いなく辿っていく。

頭の中は真っ白だ。

柔らかな彼の唇を感じて、急速に体が熱を帯びていくのは、興奮ではなく羞恥の意味合いが強い。

「なっ、何をしてっ……」

何とか絞り出した声にも動揺はありありと表れていたが、今のヘルディナにそれを御する冷静さはない。そんなヘルディナを、ザシュはちらと上目遣いに一瞥した。

「幼い頃、ヘルディナ様は『小さな傷は舐《な》めておいたら治る』と教えてくれました」

「そ、それはっ……」

指を紙で切ったときだったか、棘《とげ》が刺さったときだったか、そんなことを言った気もする。

しかし、それとこれとは違うのだ。それをどう伝えればいいのか、混乱した頭では考えがまるでまとまらない。

他者の唇が肌を辿る感覚にじりじりと頬が熱くなり、焦りのせいか鼓動が加速していく。赤くなった患部にゆっくりと口付けを落とされていくのは、肌を味わわれているようで、ひどく淫らな行為に思えてならない。思わずきつく目を瞑《つぶ》り、椅子の座面を握り込んで思考を正そうとする。

動物が仲間の毛繕いをするようなもの。純粋なザシュにとって、この行為は忠誠や親密さから来るものなのだから。そう思おうとすればするほど、足に神経が集中し、肌を食む彼の柔らかな唇の感触を拾ってしまう。

「ヘルディナ様の肌は、蜂蜜の味がします」

聞いたことのない低く響くザシュの声音と、そこに混じる妖しい笑みの気配にゾクリとしたのも束の間、腿を挟む彼の指が、そっとヘルディナの肌を撫でた。

「んっ……」

唇を引き結んでいたせいで、小さな悲鳴はまるで嬌声《きょうせい》のような甘い鳴き声となって鼻から抜けた。呼吸がかすかに乱れているのを自覚したヘルディナは、豪奢な巻き毛を揺らして首を横に振る。

「ザシュ、やめて……」

「どうしてですか？　まだ赤いままなのに」

言いながら、ザシュはまたヘルディナの滑らかな肌を親指で擽る。

熱くなる頬を意識しながら、ヘルディナは先程より激しく首を振って拒絶を示した。

違う、違うのだ。治るとか治らないとかではなく。駄目だから。

脈絡のない単語が浮かぶばかりで、行為をやめさせるための順序立てた説明を組み立てることができない。

だが、こんなことやめさせなければ――

「やっ、やめなさいっ！」

「うっ……」

ヘルディナが叫ぶのと同時にザシュが苦悶《くもん》に呻《うめ》いた。ヘルディナの強い感情に呼応した奴隷紋が、首輪のように彼の喉元を締め上げているのだ。

「ザシュ！」

慌てて奴隷紋に流れる力を制御すると、彼は崩れるようにヘルディナから離れ、咳《せ》き込みながら床に両手をついて頭を垂れた。

「申し訳ありません、ご主人様……！　俺みたいな下僕が、許可もなくご主人様の御御足に触れるなんて……どうか俺を、始末してください……！」

「な、なんてことを言うの!?」

推しの死にたがりがまた発動したのかと肝を冷やしたヘルディナは、陶器の破片が転がる床に手をつくザシュの腕を引き、顔を上げさせた。

「あのね、ザシュ。あなたも含めて、誰かを処分するとか始末するとか、考えても言ってもいけないことなの。わかるわね？」

「でも、ご主人様は苦しんでたのに……ご主人様は、いつも人の嫌がることはするなと教えてくれました。それなのに、俺は……」

「そ、そんなに思いつめなくていいのよ。何というか……嫌だったわけじゃないの。驚いただけよ。だから、いいわね。この話は終わりよ」

日頃鋭さばかりが目立つザシュの切れ長の目が緩んでいく。唇の端も上向き、確かに笑みを浮かべているはずなのに、何故か彼の赤い瞳は笑っていないように見えた。

「へぇ。ヘルディナ様は、俺にあんなことをされても、嫌じゃなかったんですね」

「え……？」

「メイドを呼びます。思ったより陶器の欠片は危険でした。抜いてきますね」

細かな破片が刺さった掌を見せたザシュは、不穏な空気を残して、部屋から出て行ってしまった。残されたヘルディナは、メイドたちがやって来るまで、今のは推しによる毛繕いだったのか、それとも「奉仕プレイ」だったのかと真剣に悩むことになるのだった。

＊　＊　＊

ヘルディナの帰りを、ザシュはいつも待っていた。

雨の日も、冬の日も、彼女を乗せた馬車を忠犬のように待ち、戻って来ると一番に玄関に駆け付けた。彼女もそれをいつも喜び、毎月戻ってくる度にザシュに学んだことをたくさん聞かせて、ザシュの成長を心から褒めた。

両親や兄、侯爵家の皆から愛され、期待に応えようと努力するヘルディナの姿はいつも輝いていて、しかしそんな彼女が自分にだけこっそり弱音を零すとき、ザシュは彼女を身近に感じた。一生懸命で、努力家で、優しい彼女がザシュは好きだった。

その姉弟のような関係が、少しずつ崩れていくのに特に大きなきっかけはなかった。成長するにつれて、ザシュの方が現実を悟っただけだ。

彼女は侯爵令嬢で、王子の婚約者。自分は薄汚い孤児院あがりの使用人。

胸に芽生えかけた感情に気付かないふりを始めた頃から、ザシュはドリオの従者となり、ヘルディナの花嫁修業は仕上げに入った。

ヘルディナが十八歳になると長かった花嫁修業も一段落し、彼女はここ数年は帰ることすらままならなくなっていた侯爵家の邸宅にようやく戻ってきた。

使用人が並んで出迎えた彼女は、一緒に裏庭を裸足で駆け回り、木登りをして遊んだお転婆な少女ではなかった。金色の髪を高く結い、ふっくらとした唇に薄く紅を差し、足先まで隠すドレスの裾を捌《さば》きながらしずしずと歩く彼女は、美しく――どこまでも遠い存在に思えた。

彼女はザシュを一瞥したが、一声掛けるどころか仮面を張り付けたような微笑みを崩すことなく部屋に入った。もう話すこともできないのかと寂しさを覚えたが、これが現実なのだ。さすがにその頃になれば、自分が彼女に抱く感情が姉弟のそれではないこともザシュは気付いていた。その分不相応な感情に区切りを付けるべき時が来たのだと、全てを受け入れようと思っていた。

それから半年もしないうちに、彼女の母親が息を引き取った。

――母親が死んだのに葬儀で涙ひとつ流さないとは、薄情な娘だ。

聞こえているのかいないのか、十九歳になったヘルディナは、整った表情を崩すことなく、侯爵家の娘として恥じぬ完璧な振る舞いで参列者たちを見送った。

彼女にそれを望んできた人々が、今度は自分たちが期待する悲しみを見せないと悪し様に言う。彼女の婚約者からは、たった一行追悼の意が記されたカードが届いただけで、姿も見せない。どれもこれも、納得できない気持ちになる自分は、まだまだ子供なのだろうか。

かねてより親交のある公爵夫人と抱擁を交わしたとき、決して崩れなかった彼女の表情に、ほんの一瞬悲しみの色が差し、透き通る青の瞳が大きく揺れた。

屋敷に戻ると、彼女は人払いをして部屋にこもった。疲れたから休みたいと言う彼女の真意を、屋敷の人々は理解していた。しかし夜になり、夕食の準備が整っても彼女は部屋から出て来ず、侍女たちの呼び掛けにも応じない。誰が言い出すでもなく、今夜はそっとしておこうと彼女の部屋から人々が遠ざかったが、夜も更けた頃、ザシュはこっそり部屋を訪ねた。

静かにドアを開け、中を覗く。子供の頃並んで眠った大きなベッドに、彼女は喪服の黒いドレスのまま倒れ込み、上掛けも被らずに小さく丸まっていた。

部屋に入り、ドアを閉めても彼女は顔も上げない。眠っているのかと近付き、背後から顔を覗き込むと、長い睫《まつげ》に縁取られた彼女の目は、しっかりと一点を見据えていた。

「ヘルディナ様？」

呼び掛けると、彼女の目がゆらゆらと揺れながらザシュを捉えた。

「……ザシュ」

紅を差したような赤い唇から紡がれる声は、弱々しく掠れていた。こんな彼女を見るのは初めてで、胸の奥が引き攣るように痛んだ。

「軽食を持ってきました。召し上がれますか？」

「……ううん、今は、まだ……」

小さく首を振った彼女の目尻から、透明な雫《しずく》が零れた。一粒零れた涙は、堰《せき》を切ったようにどんどん溢《あふ》れ、彼女はふっくらとした唇を開き、小さく笑った。

それが不器用な泣き顔だとわかったのは、表情を隠すように顔を覆った彼女の小さな手の間から、押し止められなかった嗚咽《おえつ》の声が漏れ出したときだった。

ザシュは、しばらくどうしていいのかと立ち尽くした。使用人仲間なら肩を叩いてやるところだが、彼女は自分の恩人で、今の主人の妹だ。気安く触れることなど許されない。

だが、そんなふうに泣く彼女を、放っておくことはできなかった。彼女が、ひどく小さくか弱い存在に見えてならなかった。メイエル家に来た時の自分と同じだ。そう感じて、幼い頃自分が彼女にそうしてもらったように、衝動的にベッドに上がって彼女の体を背後からぎゅっと抱き締めた。

ザシュの腕の中で、彼女は子供のように泣いた。

腕の中にすっぽりと収まる彼女の体は、記憶の中にあるそれより柔らかで、ずっと小さい。

彼女が泣き疲れて眠るまで、ザシュはその夜、ずっとヘルディナを腕に抱き続けていた。

*　*　*

翌々日、彼女はいつも通りに部屋から出てきて、朝食の準備でテーブルの上に食器を配していたザシュの元を訪れた。いつもなら真っ直ぐ人の目を見て話すヘルディナが、視線を落とし、もじもじと指先を絡ませて口ごもっていた。

「……一昨日は、ありがとう。側にいてくれて、嬉しかったわ」

心からの言葉は決して目を背けて伝えることのない彼女が、気恥ずかしげに目を伏せている。その違和感にじっと彼女の顔を見つめていると、柔らかそうな頬がにわかに赤く染まった気がして、「ああ、はい」と素っ気ない返事をしたザシュの顔にも、じわりと熱が集中した。

「留守の間は頼むよって言ったはずだよね!?」

オースルベークから戻ったばかりのドリオは、またしても別邸を訪れて叫んでいる。

彼がヘルディナに突きつけたのは、王家の紋章が入った書状だった。

『ヘルディナ・メイエルとその従僕ザシュに、二日間の慈善活動を申しつける』

それは、先日ヘルディナの元を訪れたユリウスからの命令だった。

どうやら、平穏な領地謹慎が余程気に食わなかったらしい。《聖女の首飾り》がクリステルを認めなかった腹いせもあるのかもしれないが、何とも子供じみたやり方だ。

「これは、どういうことでしょう?」

「こっちが聞きたいよ。今朝方、僕の元に届けられたんだ。執事の話によると、殿下は先日こちらにお見えになったそうじゃないか」

「ええ、突然のご訪問でわたしも驚いたのです。《聖女の首飾り》をお返しいたしました」

「ですが、《聖女の首飾り》はクリステルを主とは認めませんでした」

したり顔で補足した檻の中のザシュを一瞥して、ドリオはがくりと肩を落とした。

「……まったく、まだこんなことを続けて……」

「ドリオ様、これは俺が――」

「わかった、わかったよ。望んだことなんだろう?　もう、この屋敷の中では好きにすればいいさ。だが、わかっているだろうね?　君たちが慈善活動をするときには、日常がこんな様だなんて絶対に気取られないようにしてもらうよ。我が家の家名を背負っていると、自覚するように！」

「心得ております」

「怪しいところだよ……」

「ところでお兄様。オースルベークはいかがでしたか？」

公爵直々の要請で赴いた先で、ドリオは二日滞在した。

「ひとまず、川の汚染は解決したよ。ただ、原因がよくわからないままでね。まぁ、また異変があったら知らせてくれるようにお伝えしてあるから、少し様子見になりそうだよ。夫人が、ぜひ近いうちにヘルディナに会いたいと仰っていたよ」

「わたしもお会いしたいです。それにしても、さすがお兄様、早々に解決してお戻りになるなんて。わたしも、精一杯慈善活動に励みます」

「うん――いや、ほどほどでいいよ。あまり、目立たないように」

「それで、奉仕の場所はどちらでしょうか？」

「ああ、ブラウェ地区にある小さな孤児院だよ」

「ブラウェ……？」

「そこの、教会が運営する孤児院でね。近くには他にもいろんな施設が――ヘルディナ？」

「い、行きません……」

ヘルディナは、小刻みに頭を横に振り続ける。

（絶対に近付いてはいけない場所なのに……これが運命なの⁉）

そこは、間違いなく危険地域。行ったが最後、再び破滅フラグ回収からの断罪エンドにまっしぐらだ。

「他の場所ではいけないのでしょうか？　一度、お兄様から殿下に掛け合ってくださいませんか⁉」

「どうしたんだい、ヘルディナ？　珍しいね。君が聞き分けのない子供みたいに……ブラウェ地方に何かあるのかい？」

「い、いいえ、そういうわけではないのですけれど……」

　破滅フラグがあるから行きたくない、とは口が裂けても言えない。常識人のドリオに「前世」などと言えるだろうか。言えるはずがない。それに、行き先の変更を願い出てユリウスに変な勘繰りをされては、更に話が拗れかねない。

（行くしかないのね……）

　シナリオという運命からは、逃れられないのだろうか。

　運命云々《うんぬん》については置いておくとしても、さしあたりヘルディナがブラウェ地区に赴く未来からは、どう足掻《あが》いても逃れられそうになかった。

第三章

ブラウェ地区は、ネドラント王国の南端に位置する特定保護地区——所謂《いわゆる》聖地である。ネドラント建国当時、この地に魔物の大群が現れた折に、初代国王が天からのお告げにより巨岩を降らせて魔物を掃討したという伝説があり、伝説の巨岩が現存しているといわれている。そのためブラウェ地区周辺には教会の施設が密集しており、熱心な巡礼者や観光客が一年中各地から訪れる。

ヘルディナはブラウェ地区について一般常識程度の知識はあるものの、この地を訪れるのはほんの幼い頃以来のことだった。

転移門を抜けたヘルディナたちは、ブラウェ地区にほど近い丘の麓に出た。今夜は街に入ってユリウスに指定された宿で一泊し、明日の朝一番で孤児院に向かう予定だ。ユリウスからは事細かに指令が出されており、ヘルディナは侍女の一人も連れずに、最低限の荷物でこの場に来なければならなかった。髪を結い、ドレスを着なければならない令嬢にとってそれはひどい仕打ちだったが、ヘルディナは特別不自由を感じていない。奉仕活動中に髪を複雑に結うのも、ドレスを着るのも無意味だからだ。

ユリウスが手配した馬車に乗り込んだヘルディナとザシュは、小窓から遠く見える風車と湖、そしてそのすぐ側に位置する小さな町――ブラウェ地区の中心部をぼんやりと眺めていた。

白い建物の街並みの中央に聳《そび》える鐘塔が、夕刻の祈りの時間を知らせている。赤い夕陽に照らされたその光景は、鐘の音とともにヘルディナの胸に響いた。

「こんなときでなければこの景色を楽しめたのに、残念ね」

ユリウスがこの地でどのような罠《わな》を仕掛けているのかと戦々恐々としているこの状況では、馬車を止めて美しい街並みを眺める余裕もない。

それに、その美しい光景に並ぶ深い緑に覆われた山には、ヘルディナが収監されるはずだったサンデル修道院がある。

(修道院には、何があっても近付かないわ)

遠い山をきつく睨《にら》みつけるヘルディナの隣で、ザシュもまた険しい表情をしていた。

「ヘルディナ様は、ご存じだったんですか？」

「なんのこと？」

「あの方が、ヘルディナ様の収監先として考えていた場所です。ブラウェの山中にあるサンデル修道院。ご存じだから、ずっと厳しい顔をされていたんじゃないんですか？」

ある意味知っていたともいえるが、ヘルディナは曖昧に首を傾げて答えをはぐらかした。

「わたしのことよりも、あなたはどうしてそんなことを知っているの？」

ゲーム内でも、ザシュは密偵のような役割を担っており何でもよく知っていた。ヘルディナが命じた覚えはないから、彼はきっと自主的に主人の危険を回避しようとあちこちに神経を研ぎ澄ましていたのだろう。

「オスカー様が従者の方とお話になっているのを耳にしました。あの方が、いよいよヘルディナ様を遠ざけられる気だと」

ヘルディナは「あぁ」と頷《うなず》きながら、ユリウスの異母弟にしてこの国の第二王子であるオスカーの姿を思い浮かべた。彼は『薄明のクリスタル』の攻略対象の一人であり、燃えるような赤毛が特徴のすらりとした武闘派の青年だ。プレイヤーの分身であるヒロインを「俺の天使」と呼ぶ彼には一部熱狂的なファンが存在したが、現実でも社交的な彼には、学園にも信奉者を幾人も抱えていた。特に女子の。

（オスカー様が素敵なのはわかるけれど、わたしの一番はやっぱりザシュなのよね……）

よそ様の推しはそれはそれとして尊重しつつも、自分にとってはやはり自分の推しが最も尊いと再認識したヘルディナは、脱線した思考を元の話に戻した。

「オスカー様は相変わらず噂話《うわさばなし》が好きなのね。人付き合いがお上手だから、情報通と言えばそうなのでしょうけれど——それで、あなたはわたしがサンデル修道院に収監されると思って、卒業祝典の夜に……焦っていたのね」

無理心中に踏み切ったのね、とは言えず、できるだけ柔らかい言い回しを選んだ。ザシュは大きく一度頷き、膝の上に重ねていたヘルディナの手をぎゅっと握る。

「山奥のサンデル女子修道院は、一日一度の食事しかとらず、娯楽や趣味等の楽しみも禁じられ、入ったが最後生涯出ることも叶《かな》わない厳しい場所だと聞きました。そんな場所にヘルディナ様を一人で行かせるくらいなら、いっそ……」

「だ、だめよ。あなたには長生きしてもらうわ。勿論《もちろん》わたしもね」

危うく彼の破滅願望が再燃するところだった。二人とも死んだりしないと言い聞かせると、彼は手を重ねたままヘルディナの目を真っ直ぐに射抜いた。微笑みを湛《たた》える口元とは対照的に、真摯な瞳に宿る強い光は、ヘルディナの胸を不覚にも高鳴らせる。

「俺はヘルディナ様のお側から離れません。この世の果てまでもお供します」

「こ……こ、この世の果てまで、行く予定は、ないけれどね……」

彼の忠誠心は相当なものだ。ヘルディナはじりじりと赤くなる頬を隠すように、ついとザシュから顔を背けた。

（危ないわ……。前世のわたしなら、今の一言で心停止しているところよ……）

今の自分が生きていられるのは、この世界で生まれ育ったヘルディナの意識が強いからに他ならない。だが、さすがに今の一言はヘルディナの心を騒がせた。まるで愛の誓いをたてられたように思えて、彼の手が重ねられた手がじわりじわりと緊張で汗ばんでいる。それに気付かれるのは気恥ずかしく、手を離そうと腕を引いたが、彼はなかなか離してはくれなかった。

湖のほとりにある山小屋のような外観をした二階建ての宿舎は、寝室が二つあるだけのこぢんまりとしたもので、二人はユリウスの命にて、ここで二泊することになっている。

『お前たちのような罪人はこのあばら家で十分だ』とユリウスの声が聞こえるようだが、馬小屋で寝起きしろと言われるかと身構えていただけに、なかなかの厚遇に肩透かしを食らった気分だ。

一通り設備や部屋を見て回ったヘルディナたちは、一階の談話室で向かい合って座っていた。

「明日は朝食の準備もお手伝いさせていただけるそうよ。いつもより早起きになるわね」

「それなら早く休んだ方がいいですね。ヘルディナ様は長旅でお疲れですよね」

「体は疲れたけど、ずっと屋敷に閉じこもっていたから、気分転換ができてよかったわ。明日からは、そんなことは言っていられないけれど。あなたこそ疲れたでしょう？　荷運びをありがとう」

「ヘルディナ様のご命令なら、何でもします。そうだ、ドリオ様に到着のご報告をする約束でしたね。通信鏡を持ってきます」

ザシュが持ってきた手鏡は、通信鏡と呼ばれる魔法道具で、前世風にいうならテレビ電話である。手に持ったままザシュが魔法を発動したため、ヘルディナは席を立ち、彼の隣に並んで座った。

しばらく砂嵐のような映像が続いていた画面がぐにゃりと揺れ、ドリオの姿が映し出される。ヘルディナとザシュは、無事到着した旨を彼に伝えた。旅には危険がつきものであり、強盗や誘拐、魔物に遭遇することもこの世界では起こり得る。伝える手段があるからには、無事を伝えなければならない。

『道中無事で何よりだけど、事前にわかっていたこととはいえ、そんな小屋に泊められるとは……他には誰もいないんだろう？』

「そうですけれど、ご心配には及びませんわ。ザシュもいますもの」

『まぁね、ザシュがいれば……いや、うん……まぁ、ヘルディナの言っていることはわかるんだけどね……そうじゃなくてね、兄としては、二人きりっていうのは、やっぱり心配というか……』

鏡の向こうのドリオは歯切れ悪く繰り返しながら、ザシュにいつになく厳しい眼差しを向けていた。言外に込められた「わかっているだろうな」という威圧に、ヘルディナは眉を顰《しか》める。

「何を心配なさっているのですか？　ザシュは敵襲に後れを取るような軟弱者ではありません。いつもわたしを守ってくれていましたし、わたしが彼の力を増幅することだってできますのに、信用していないのですか？」

ヘルディナが死亡率九割のザシュを心配するのは当然だが、他の誰かにザシュの能力が疑われるのはいい気分ではない。家族同然の彼を貶《けな》されるのは、たとえ実の兄であろうと反論せずにはいられなかったヘルディナだが、ドリオは何故かひどく困った顔になった。

『えー…………いやいや、心配してるのはそこじゃないんだけど……うん、まぁ今のでちょっと安心したよ。くれぐれも、騒ぎを起こさないようにね』

「心得ております」

ヘルディナが力強く頷くと、ザシュは通信を切り、手鏡を伏せてテーブルに置いた。

そのザシュが、上体ごとヘルディナに向きなおり、じっと見つめてくる。

彼の赤い瞳には怪訝《けげん》な色が、口元にはやや苦い笑みが浮かんでいた。

「……ヘルディナ様、風呂にしましょうか」

「え？　ええ、そうね。報告も終わったし、お風呂に入って早く休みましょう。あなたが先に入って。わたしは後からでいいわ」

「ご主人様より先に入るわけにはいきません。湯を準備してきますね」

ザシュは薄い唇から歯を覗《のぞ》かせて、すっくと立ち上がると浴室に向かって行った。自分よりずっと疲れているはずの彼を先に休ませてやりたかったが、忠実なザシュは主を差し置いて先に休むなどできないのだろう。

しばらくして戻ってきたザシュに誘われ浴室に行くと、湯の張られた浴槽から、浴室全体にもくもくと湯煙が立ち込めていた。

「着替えはここに置いておきます。布はこちらに」

「ありがとう。先に入らせてもらうわね」

「どうぞ」

ドアが閉まった音を背中で聞いたヘルディナは、早速服を脱ぎ、まとめた髪を解いた。体も髪も洗い、しっかり流してから湯船に浸かる。

「はぁー……」

足先が湯の中でじんじんと痺《しび》れている。馬車に乗っていただけだというのに、やはり体に堪えるものだ。ヘルディナは濡《ぬ》れた髪を絞って後頭部で雑にまとめ、浴槽の縁に頭を預けて手足を伸ばした。生き返る心地だ。

湯煙で霞《かす》む視界で、カタリと物音がした。体を守るように身を縮め、揺れる人影をきつく睨みつける。

「誰なの⁉」

「俺です」

「ザシュ……？　な、何をしてるの⁉」

「風呂に入りに来ました」

湯煙がゆらゆらと揺れ、ザシュの引き締まった上体が現れた。

一瞬、ヘルディナは呆然《ぼうぜん》とした。

目に飛び込んできた彼の上体は、何も着ていない。奴隷紋が刻まれた首から、真っ直ぐに鎖骨が広がった広い肩、無駄な肉のない腕から筋肉の隆起する腹部まで、全てが惜しげもなく晒《さら》されている。

それは、完成された男の体だった。

動揺のあまり声も出せずに硬直したヘルディィナを余所に、ザシュは濡れた床をぴちゃぴちゃと音をたてながら浴槽に到達し、何の躊躇《ためら》いもなく湯船に入ってくる。

「覚えてますか、ヘルディィナ様。俺が初めて侯爵家に行ったとき、ヘルディィナ様が風呂に入れてくれたんですよ。黒髪を綺麗《きれい》だって褒めてくれたのを、今でも思い出します。懐かしいですね」

湯船に彼が入ってきて、ヘルディィナの体の周りにさざ波が立つ。渦を巻く水流が体にぶつかり、ヘルディィナは逃げるように彼に背を向けた。

「でっ、出るわっ！　もう出る！　あなたは、一人で入ればいいわ！　だから向こうを向いてちょうだい！」

「でも、子供の頃は一緒に入りましたよね？」

「そっ、そんなことを引き合いに出してもダメなものはダメよ！　あなたは子供じゃないんだから、一人で大丈夫でしょう⁉」

「そうですね。俺はもう子供じゃないんですよ」

逃げ場を求め、膝立ちになって浴槽の縁にしがみつくが、呆気《あっけ》なく彼の肌が背中にひたりと密着した。濡れた肌が触れ合う感触はあまりにも生々しく、一撃でヘルディィナの思考力を粉砕する。驚愕《きょうがく》が許容量を超え、ヘルディィナは一言も発せられないまま硬直した。

「ヘルディィナ様は、俺がずっと子供のままの方がよかったですか？」

鍛えられた筋肉を秘めた腕が腹部に回され、体を引き寄せる。湯に温められてほんのり色付いたヘルディナの柔肌に、男の硬い肌が隙間なく張り付き、ドッと鼓動が加速した。背に、腰に、臀部《でんぶ》や腿《もも》に、彼の体を感じる。頭の芯が痺れるほどに、血が全身を駆け巡った。

「やっ……！」

咄嗟《とっさ》に出た悲鳴は拒絶の言葉にすらならなかった。このままではいけないと頭の中で鳴り響く警鐘は、うるさいばかりで何の解決策も与えてはくれない。縋るように浴槽の縁にがしりとしがみつき、ヘルディナは激しく首を横に振った。

拒絶を示す首に唇が押し当てられ、ヘルディナの肩が跳ねる。肉の薄い首筋を食まれるのは喉元に喰《く》らいつかれたようで、身動きが取れなくなる。

「警戒心がないからこうなるんですよ。俺がどれだけヘルディナ様を欲しがってるか……忘れたんですか」

腹部に回された彼の手が、湯面から出た乳房を掬《すく》い上げ、掌全体を使って押しつぶした。首筋に触れた彼の唇から、「やわらか……」とうっとりとした声が零れ、指の間から零れた肉を捕まえようと動きだす。燃えるように顔が熱くなり、早鐘を打つ心臓に呼吸も乱れて、ヘルディナはきつく目を瞑《つぶ》った。

「やっ、やめなさっ……！」

「何を、ですか？　俺は今、ご主人様に、何をしてるんですかね？　教えてください、ヘルディナ様」

白々しい台詞だ。彼はもう取り繕う気すらない。濡れた金色の髪が張り付く首筋に、ひとつひとつ愛情を刻みつけるように唇を落としながら、彼は思うままにヘルディナの乳房を弄ぶ。その手は、幼子が母を求めるのとは違う、目の前にいる女に欲情した手だ。ヘルディナが抱いていた彼への幻想を、その手は容赦なく壊していく。彼は安全で純粋な弟などではない。ヘルディナに羊の皮を被らされていた飢えた狼《おおかみ》だ。自分が優位にあると油断していたヘルディナは今、彼の腕の中で完全に制圧されていた。

「やっ……！」

「ドリオ様もあんなに心配してたのに……俺を子供だと思ってるのは、ヘルディナ様だけですよ。ヘルディナ様も、もう子供じゃないですよね。こんなになって」

少しずつ膨らみ始めた先端を指で突かれ、ヘルディナは小さな悲鳴をあげて身を縮めた。縁を摑《つか》む手に額を擦りつけ、いやいやと首を振るヘルディナを、彼が身を折って追いかけてくる。

「やめませんよ、ヘルディナ様がちゃんと拒絶してくれるまで。ヘルディナ様、ここはどうして硬くなってきてるんですか。俺に教えてください」

「あっ……」

双丘の頂を摘ままれ、またしても小さな悲鳴が漏れる。唇を嚙《か》みしめて情けない声が漏れぬよう堪えるが、立ち上がり敏感になった胸の先を転がされると、体は意思に反してびくびくと反応してしまう。

首を振り、拒絶を示そうと絞り出す「いや」の声も、彼は素知らぬふりでヘルディナの体を弄び、腹部を抱えていた彼の手が臍《へそ》を通って下へ向かった。

「だ、だめっ……！」

「どうしてですか？　俺にもわかるように教えてください」

侵入を阻止せんと膝を閉じようとし、彼の腕に手をかけるが、ザシュの足が後ろから割り込み、足は却って大きく開かされた。食器より重いものは持ったこともない令嬢の腕など敵ではないといわんばかりに抵抗も突破して、彼はヘルディナの下肢に触れる。ヘルディナの抵抗をどれも強引に振りほどいておきながら、秘部に到達した彼の指は、殊更優しい手付きで閉じたそこを割り広げた。

「ヘルディナ様、ここ、ぬるついてますね。どうしてですか」

違う違うと頭を振る。しかしいくら否定しようとも、湯とは異なる液体がそこを潤している事実は否定できない。身を潜めた花芽をそっと撫《な》でられ、ヘルディナはビクリと震えた。

「っ……！」

首筋に押し当てられた唇がゆっくりと動き、笑みを孕《はら》んだ吐息が濡れた肌を擽《くすぐ》る。

指の腹で引っ掻《か》くように初心なそこを擦られると、腰の内が痺れてその度に体が跳ねる。

同時に乳房を揉《も》みしだかれ、腹の奥がふつふつと熱を帯び、膝が震えた。唇を噛みしめ声を漏らすまいと堪えても、鼻から抜けた鳴き声は浴室に反響して隠しきれない。自分自身にも抗うように、ヘルディナは髪を振り乱して首を横に振った。

「だめっ……！」

「やめてほしいですか？」

耳元で囁《ささや》かれ、ヘルディナは息を乱しながらこくこくと頷く。

「でも、本心じゃないですよね。さっきから、全然反応してませんよ、奴隷紋」

はっと息を呑《の》んで、ヘルディナはようやく奴隷紋に力を送った。

「うっ……！」

苦しげな呻《うめ》き声が耳元で聞こえ、彼の体が派手な水飛沫《みずしぶき》をあげてヘルディナの背に崩れた。重さに耐えかね、ヘルディナも浴槽の縁にへたり込む。ザシュは咳《せ》き込みながら荒い息を繰り返していたが、全く懲りていないように、またヘルディナを背後からぎゅっと抱き締めた。

「ヘルディナ様……どれだけ拒絶されても、俺はヘルディナ様を愛してます。忘れないでください」

焦げ付きそうな感情のこもる声音は、ヘルディナの心を激しく揺さぶる。淫らな触れ合いの余韻を引きずる体が、芯までゾクリと震えた。

ザシュが風呂場を後にすると、取り残されたヘルディナは、湯が冷たくなるまで呆然とその場に座っていた。

奴隷紋が反応しなかった理由。いけないことだからと拒む貞操観念はあれど、彼に触れ

られることを、本心で嫌だと思っていなかったからだ。

侯爵令嬢のヘルディナと下僕のザシュでは身分が違う。いかに王子から婚約を解消され、今後どの貴族からも縁談が届かないであろうとしても、この社会では禁じられた関係であり、認められるものではない。

それなのに、彼の気持ちを嬉《うれ》しいと思うのは、前世の拗《こじ》らせた恋愛感情のせいなのか、それともヘルディナ自身が密かに育ててきた秘めた想いなのかは、もう自分でもわからなかった。

＊　＊　＊

「おはようございます、ヘルディナ様」

階下へ行くと、ザシュは既に身支度を整え、主人がやって来るのを待っていた。この地区の修道士は男女問わず黒の僧衣、女はそれに加えて同色のベールで髪を隠すことが定められており、ヘルディナたちもあらかじめ準備されたそれを纏《まと》っている。

見慣れない姿の彼が、いつもと全く変わらない顔をしているのを見た途端、ヘルディナは目を伏せた。もごもごと口の中で「おはよう」と返すのがやっとで、とても今朝心に決めた通りに毅然《きぜん》とした態度を取ることなどできそうもない。

昨夜は疲れていたはずなのに、ベッドに入っても目を閉じると彼の声や唇、熱い肌や大きな手が思い出され、なかなか眠ることができなかった。息が苦しくなるほどの胸の高鳴りは止まず、体にこもった熱もいつまでも消えなかった。

しかし、そのもどかしさをヘルディナに刻み込んだ張本人は、こうしていつもと変わらない。自分だけが心乱されているようで、悔しいやら恥ずかしいやら複雑である。

今後は決して彼の前で油断してはならないと決意を新たにするヘルディナに、ザシュが歩み寄ってくる。

「どうしたんですか、ヘルディナ様。随分と元気がないし、顔が赤いですね。昨夜は、よくお休みになれなかったんですか？」

彼の手がそっと頬に伸ばされ、ヘルディナは咄嗟に数歩後退った。彼の指先が掠《かす》めた頬がじりじりと熱を帯び、反射的な胸の高鳴りを隠すようにきゅっと唇を引き結ぶ。ヘルディナの行動の全てを不遜なほど挑発的な目で見守っていたザシュが、にやりと笑った。

「そうやって、しっかり警戒しておいてください。俺はどんなときでも、ヘルディナ様を我が物にしようと狙ってますから」

彼の宣戦布告に、ヘルディナは拳を握り、わなわなと震えながら、熱くなった顔をついと背けることしかできなかった。

ヘルディナたちは、事前にユリウスより下された指示通りに朝一番で孤児院に向かった。ブラウェ地区の孤児院は、ヘルディナとザシュが出会った、領地内の小さな孤児院とは比較できぬほど立派な規模だった。周辺の建造物と同様の白い石造りの建物は、高い天井や頑丈な柱なども教会のようで、子供たちの世話をする大人もほとんどが修道女である。

案内を務める年嵩《としかさ》の修道女とともに、ヘルディナとザシュは細い廊下を抜けて大広間へと出た。

「それでは、ヘルディナ様は子供たちの世話と生産作業にご参加いただきたいので、わたくしがご案内いたします。ザシュ様は荷運びを手伝っていただきますので、しばしこちらでお待ちください」

ザシュは子供に関わりのない奉仕活動となる旨はあらかじめ説明を受けている。頷いてから、ヘルディナはザシュとしっかり距離を取りつつ、低く囁きかける。

「おかしな気配を感じたら、すぐに逃げるのよ。いいわね？」

考えすぎかもしれないが、ユリウスが何か仕掛けてこないとは限らない。用心に越したことはない。彼も真剣な表情で「わかりました」と応じたが、何せ九割超えの死亡率を誇るザシュである。もう子供ではないことは昨夜の一件でよく理解したつもりだが、やはり心配だ。

ヘルディナは何度も振り返りながら、先導する修道女の後に続いたのだった。

ヘルディナは、十センチ角の巾着袋を縫う針仕事を与えられた。これに乾燥させた花を詰めてサシェにして、市場で販売した収益を運営に充てているそうだ。

広い作業場には子供が大の字になって寝られそうなほど大きな作業台が二つあり、それをぐるりと囲むほとんどが十代の少女で、皆熟練の腕前だった。

朝夕には大人に混ざって幼い子供たちの世話をして、日中は作業に勤しむ彼女たちは、ヘルディナと同年代の貴族令嬢たちより、ずっと成熟した心を持っている。誰がいくつ作ったやら、いくつしか作ってないやらとくだらないことで張り合ったり貶しあったりせず、皆で支え合いながら生きていくことの重要性を既に学んでいるのだ。

「ヘルディナ様、貴族の方は皆魔法が使えるって本当ですか？」

「ええ。力の強さも、向いていることもそれぞれ違うけれど、使える方ばかりよ」

「ヘルディナ様は、どんなことができるんですか？」

「わたしの能力は少し変わっていて、基本的な火を熾《おこ》したり風を吹かせたりする以外にも、特性と呼ばれる力のおかげで、自分の力を人に分けてあげられるの。『補助』の力というのよ」

「『補助』の力以外には、どんな力があるんですか？」

「魔力の特性は三つあって、汚れたものや悪いものを綺麗にする『浄化』、天候や先の異変を察知できる『恩恵』、そして『補助』よ。特性は誰でもあるわけではなくて、持っていない方が多いの。三つの特性の中なら、『浄化』の力を持つ人が一番多いのよ。わたしの兄もそう」

あちこちから間断なく質問が飛んでくる。貴族がこの作業に参加するのは珍しいようで、皆未知の世界に興味津々の様子だ。

　貴族の令嬢が貴族の職責以外の労働をするのは、ネドラント王国では眉を顰められる行為にあたる。ヘルディナも奉仕活動に何度か参加したことがあるが、話し相手程度の子供たちの世話をしたことはあれど、内職仕事をしたのは今日が初めてだ。ユリウスはそれを狙ってヘルディナをここに送り込んだのだろうが、あいにく本人は作業を楽しんでいる。

（こういうの大好きなの！）

　前世では、缶バッジをデコレーションするロゼットや、普段使いできる推しのイメージグッズとして、黒い布地に赤いリボンを付けたポーチやお弁当を入れるトートバッグを作ったものだった。前世のヘルディナはコスプレには食指が動かなかったが、ぬいぐるみを手作りしたこともある。当時、大半の作業はミシンを使ったものだったが、手縫いでも作業に没頭する楽しみは同じだ。

　嬉々として手を動かしていたヘルディナに、少女たちが「楽しいんですか？」と尋ねる。

「ええ、こういうお裁縫って好きなの。前……昔は、いろいろな小物を作ったのよ」

「どんなものを作るんですか？」

「えぇっと、そうねぇ。小さな袋物をよく作ったわ。好きな人を表した色合いで布を合わせてね、肌身離さず持っていたの。黒い生地に赤いリボンをつけた物ばかり自作して持っていたから、『ゴス系が好きなんですか』なんて訊《き》かれることもあったけれど、わたしどちらかというとその頃は地味めで化粧映えしない顔面だったから――……あっ……」

ぽこぽこといらぬことを喋《しゃべ》ってしまっていたヘルディナは、こほんと咳払《せきばら》いをして、「まぁ、要するに、好きなの。こういう作業」と話を締めた。

（あ、危なかったわ……こんな派手な顔立ちで『地味目めで化粧映えしない顔面』だなんて、何事かと思われてしまうわ……）

「皆、いけませんよ。ヘルディナ様を質問攻めにして。きちんと手を動かしなさい。申し訳ありません、ヘルディナ様。皆、好奇心旺盛な年頃で……」

優しく諭す声は、この現場を任されているティルザという修道女だ。まだせいぜい十代後半のそばかす顔の彼女は、ベールで隠した髪が何色かを予想させる赤い眉を下げている。

その周囲で、作業を促された少女たちは、目配せしてくすくす笑っていた。

「ティルザも二年前までは怒られてたのにね」

少女たちの笑い声に、ティルザの顔がみるみる赤く染まっていく。

どうやら彼女も、つい二年前までは少女たちと同じ側に座っていたようだ。まだまだ可愛らしい盛りのティルザに、ヘルディナは励ましの気持ちを込めて微笑みかけた。

しばらく皆が黙々と手を動かしていると、廊下に響く靴音が部屋に迫り、開け放たれた作業場のドアから見知った顔が現れた。

「えっ、クリステル⁉」

飛び上がって叫んだのはヘルディナではなく、ティルザだった。ティルザの反応に、少女たちがまたくすくすと笑い始める。

（どうしてクリステルがここにいるの？）

淡い青のドレスを纏い、銀色の髪を結い上げたクリステルは、ティルザに微笑みを向けたが、すぐに部屋の中のヘルディナを認めて表情を強張らせた。しかしそれは、ヘルディナとて同じことだ。

ゲームのユリウスルートには、こんなシーンはなかった。それに、何故クリステルがティルザと知り合いなのか。混乱しながらも、ヘルディナは鍛えられた貴族根性で全ての動揺を隠しきり、クリステルに目礼をした。

クリステルは咄嗟に町娘のような会釈を返し、その無言のやり取りを見守っていたティルザが「知り合い？」とクリステルに視線で問いかけている。

「魔法学園で……お世話になったの。あの……ヘルディナ様は、どうしてここにいらっしゃるのですか？」

「ユリウス様のご命令で奉仕活動に伺ったのよ。あなたは？　ユリウス様もご一緒に？」

「えぇっと……わたしは、この孤児院の出身なんです。それで、ユリウスがブラウェ地区に行くというから、無理を言って一緒に連れて来てもらったんです」

（やっぱりユリウスもいるのね……わたしたちを始末する気なのかしら）

ヘルディナを嘲るためだけにこの地まで来たとは思えない。だがユリウスはクリステルの前では血腥《ちなまぐさ》いことはしない。彼女の目を盗んで、何か仕掛けてくる可能性は捨てきれないが。

それにしても、クリステルがブラウェ地区出身だとは知らなかった。ゲームでもそのあたりは本編と関係がないせいか描かれていなかったし、学園ではヘルディナは彼女を深く知ろうとしなかった。怒りや嫉妬に支配されたヘルディナにとって、クリステルはただ邪魔な存在でしかなく、興味を持つべき対象ですらなかったのだ。

だが、いまだにその怒りや嫉妬は自分の中でしっくりこない。

まるで植え付けられたような記憶は思い出す度にヘルディナの違和感を膨らませ、悪いものに憑《つ》かれていたのではと恐ろしくなるため、できるだけ思い出さないようにしていた。

（本人を目の前にしては、そうも言っていられないけれど……）

自分の非道な行いや、そのときに彼女が感じた恐怖を思うと、同じ場にいるのもいたたまれない。しかし、そんな心中を察することなく、作業場にいる一番幼い少女がクリステルを手招きした。

「クリステルも一緒にお仕事しようよ」

「駄目よ。クリステルはもうわたしたちとは住む世界が違うのだから。クリステルのお仕事は別にあるのよ」

ティルザがぴしゃりと窘《たしな》めたが、クリステルは銀色の前髪を揺らして首を横に振った。

「いいの。まだユリウスはお話ししているみたいだし、しばらくここにいさせて」

（それは、やめた方がいいんじゃないかしら……）

ユリウスは身分の差に非常に敏感だ。彼の中でクリステルだけが例外なのだ。以前はそうでもなかったが、この一年ほどでその思想は顕著になった気がする。

　王族の隣にまで引き上げてやったクリステルが、自ら孤児たちの輪に戻るなど、ユリウスの逆鱗《げきりん》に触れるのではないか。しかし、ヘルディナの心配を余所にクリステルは呑気《のんき》に作業場に入り、ヘルディナが着く作業台とは別の机を囲む小さな椅子に座ってしまった。

「わぁ……この低い椅子、懐かしい……。わたしにもひとつ作らせて」

　クリステルは目元を緩めて、ティルザに手を差し出す。仕方がないというように肩を竦《すく》めたティルザが布を差し出すと、クリステルは慣れた手付きで中央に置かれた針山から針を抜き、早速作業を開始する。

　その横顔は、学園で右も左もわからずに困り果てていたクリステルからは想像もできないほどに生き生きとしていた。ユリウスの機嫌を損ねないためにも彼女を諌《いさ》めるべきかと迷っていたヘルディナは、結局その表情に負けた。

　クリステルの力は、彼女が望んで手に入れたものではない。天から授けられ、それを周囲が「恵まれた力を人のために使うべきだ」と強要して、彼女の人生を変えてしまったに過ぎない。貴族として生まれ育ったヘルディナは、幼い頃から力の恩恵を受けてきたが、彼女は違う。職探しに行った王都で、偶然力を見出され、彼女の意思など考慮もされずに学園に放り込まれたのだ。

　前世、プレイヤーとしてクリステルに感情移入してきたせいなのか、ヘルディナは彼女の表情や仕草から、クリステルがどんなにこの場を懐かしみ、解放された心地でいるのかを感じ取り、口を噤《つぐ》んだ。
ヘルディナはしきりに廊下の靴音を気にしながら、ちらとクリステルの様子を窺《うかが》ってい
た。彼女は慈悲深い聖母のような微笑みを湛えながら、滑らかに針を滑らせている。
その針目は均一で、彼女の髪のように真っ直ぐだった。迷いなく進められる手元は精密
な機械のようで、ヘルディナは隣の作業台から、思わず感嘆の息を漏らした。
「……あなたって、お裁縫がとてもお上手なのね。知らなかったわ」
突然ヘルディナに声を掛けられたクリステルは、ぱちぱちと長い睫《まつげ》に縁取られた目を瞬
かせ、ぎこちない笑みを浮かべた。
「小さい頃から、やってきたことなので……。これくらいしか、取り柄はありませんけど」
「とんでもないわ。それだけできれば十分よ――あっ……ごめんなさい。驚かせたわね
……」
ヘルディナが謝罪すると、クリステルは呆気にとられたような顔になり、しばらくして
から慌てて首を横に振った。
「あの……わたしの方こそ、初めは、ユリウスとヘルディナ様のご関係を知らなくて……
無知なばかりに、馬鹿なことをしてしまって……」
裏を返せば途中からは婚約者がいると知りながらユリウスへの想いを断ち切れなかった
ということだろうが、それを浅はかな略奪愛と取るか運命の恋と取るかは宗教や政治につ
いてと同じほどに判断が分かれるところだろう。ヘルディナは今はもうすっかりユリウス

への執着心がないために、そして自身も叶わない恋に身を焦がしていた前世の記憶があるために、赤い糸で結ばれた彼らが恋に落ち、離れられなかったのは当然だと感じた。

（それに、いくら婚約者を取られたからって、わたしはクリステルを殺そうとしたのに……）

普通なら、命を狙われた相手は恨むものだ。だが、クリステルの目には、まだわずかな怯《おび》えこそあれ怨嗟《えんさ》の念はまるでない。曇りのない菫色《すみれいろ》の瞳が自分を捉えていることに、ヘルディナは感動していた。

「いいえ、いいの。あなたが謝ることではないわ。わたしこそ、本当にごめんなさい。たくさんひどいことをして、あなたを傷付けて……。これからは、二人でお幸せにね」

（ハッピーエンドになるように祈ってるわ……ユリウス様ルートのバッドエンドは、ちょっと重すぎるから）

ゲームの通りの結末を彼らが迎えるわけではないだろうが、ヘルディナは嫁に行く親族を見送るような心持ちで彼女の幸せを願った。クリステルは、衝撃を受けたように目を瞠り、しばらくしてその目を伏せた。

事情を知らぬ少女たちが、顔を見合わせて「何だろうね」と首を捻っていたが、ヘルディナが与えられた作業に戻ると皆それに倣うように黙々と手を動かし始める。

「ねぇねぇ、クリステルは魔法が使えるようになったからここから出て行ったんでしょ？　何ができるようになったの？」

幼い少女に問われ、彼女はヘルディナを一瞥《いちべつ》して「わたしは、まだ全然使いこなせなくて……」と俯《うつむ》いた。

「実は、今日ここへ来たのも、《聖女の首飾り》について調べるためで……王宮よりも、古い資料が残っていると聞いたから」

どうやら彼女は《聖女の首飾り》に認められていないことを気にしているようだ。ユリウスがあの様子では、確かに焦りも出てくるだろう。

「焦ることはないわ。いつかあなたは、《聖女の首飾り》に認められるのだから」

咄嗟に事実を口走ってしまったが、クリステルはその違和感には気付かず、励ましと捉えてくれたようだった。彼女は、はにかんだように微笑んで頷く。それは、前世ヘルディナが見たゲームヒロインの姿と同じだ。

前向きで、健気で、真っ直ぐな彼女だからこそ、攻略対象たちは強く惹《ひ》きつけられる。

ヘルディナとクリステルが意図せず見つめ合っていたその時、足早な靴音が部屋に接近してきた。顔を覗かせたのはザシュで、彼はしきりに廊下を気にしている。

「ユリウス様とオスカー様が応接間を出られました。こちらに向かっています」

「えっ――ごめんなさい、皆。わたし、行かなくちゃ」

クリステルが立ち上がり、針を戻して部屋から飛び出して行く。

入れ替わりに部屋に入ったザシュがドアの影に身を潜め、ユリウスと合流したクリステルたちの足音が遠ざかっていくのを待った。緊張した時間が流れていることを敏感に感じ取ったのか、少女たちも、ティルザも息を詰めているのが伝わってくる。

ユリウスの「どこに行ってたんだ」とクリステルを窘める声や、彼らの気配が完全になくなってから、ザシュは外を確認し、ヘルディナに向きなおった。

「ヘルディナ様、ご無事ですか？」

「え、ええ……」

密偵のような身のこなしのザシュに見入っていたヘルディナが何とか応じると、彼はほっとしたように息を吐いた。彼が部屋から出て行くと、少女たちの目が一斉にヘルディナに向けられる。一様にきらきらとした瞳は好奇心に満ちていて、少女たちがくすくすと「あなたが聞いてよ」と囁き合う。ヘルディナが赤い唇をにっこりと開き「なぁに？」と尋ねると、一人の少女が身を乗り出した。

「あの……さっきの男の人は、ヘルディナ様の恋人ですか？」

恋人という単語にきゃっきゃと歓声をあげる少女たちに、ヘルディナは目を丸くした。

（あら、皆そういうのが気になるお年頃なのね）

自分が彼女たちくらいの頃は、まるで恋愛に興味がなかったものだが、結婚相手が確定していたヘルディナと彼女たちの価値観が違うのは当然だ。微笑ましい思いで少女たちを見ていたヘルディナだったが、不意に、じりじりと頬が熱くなっていくのを感じた。

脳裏に蘇《よみがえ》るいかがわしい行為とそれに伴う卑猥《ひわい》な台詞の数々に顔を赤らめているとも知らず、純粋な少女たちはまたしてもきゃっきゃと歓声を上げていた。

＊　＊　＊

夕刻になり孤児院を出たヘルディナとザシュは、手配された馬車に乗り込み宿に向かった。舗装された道をゆっくりと回る滑車の音を聞きながら、向かい合わせに座ったヘルディナたちは共に険しい表情だ。

幸い、あの後彼らと顔を合わせることはなかったが、目の届く範囲にいるヘルディナたちを監視もせず、明日も接触もせずにやり過ごしてくれるとは思えない。どこからか、自分たちを狙っているのではないかとヘルディナは身構え、声を潜める。

「ユリウス様はまだわかるわ。だけど、どうしてオスカー様まで……？　ユリウス様とオスカー様は距離を置かれていたはずなのに」

ユリウスは優秀な人物で、王位に就くことは確定していると言っても過言ではないが、彼は自分の地位を脅かしかねないオスカーを昔から厭《いと》わしく感じていた。オスカーもそれを感じ取り、ユリウスとはある程度の距離を保っていたはずだ。それが、どうして二人が一緒にブラウェ地区に来訪しているのか。

「親交を深めるための観光……？　それとも、二人は手を組んだのかしら？　二人して、わたしたちを狙っているとか」

「あの人がオスカー様を信じるとは思えません。もし手を組んだとしても、あの人はきっとオスカー様を利用しているだけです」

ザシュのユリウスに対する評価は辛《から》い。だがあながち間違いとは言い切れない推測だとヘルディナは頷いた。

「そうよね……あの二人が今更手を組むなんてね。それにしても、あなたはどうしてお二人がお見えになっていることに気付いたの？」

「俺は、正面に止まる荷車から降ろされた積み荷を裏手の厨房《ちゅうぼう》まで運んでたんです。言われた通りに働いていたら、目の前に王国の紋章を掲げた馬車が止まったので、何かあるんじゃないかと」

ザシュは奉仕活動中に遭遇した天敵にヘルディナの危険を察知し、彼らの動向を観察していたのだ。彼がユリウスたちの動きを知らせてくれなかったら、クリステルは支配欲の強いユリウスにきつく叱られていたことだろう。

「助かったわ。できれば、わたしも顔を合わせたくないし、クリステルも小さなことでお小言を言われたくないでしょうしね。あと一日、用心しなければいけないわね……」

しばらく二人とも沈黙を守っていた。

昨夜の一件はヘルディナにザシュを警戒させたが、気まずさはない。敵がすぐ側で自分を狙っているという危機感がそうさせていた。今別々に行動するのは得策とはいえないし、恋愛ごっこにうつつを抜かしていては死ぬおそれさえある。二人は、それぞれ違う側面からそれを理解していた。

しばらく進むと、ふと小窓から見知った横顔を見つけ、ヘルディナは席から腰を浮かせて窓を開けた。

「ティルザさん、こんな時間にどちらへ？」

一人歩いていたティルザは弾かれたように顔を上げ、ザシュが御者に合図して馬車が止まる。

「おつかいです。湖の側にお住まいの、いつもお世話になっているおばあさんに差し入れです」

「こんな時間に、あなた一人で？　誰も連れていないの？」

「はい。いつものことですし、このあたりは治安がいいんですよ」

ヘルディナの心配を敏感に察知したティルザはにこやかに応じるが、彼女の言うことが事実だとしても、年頃の娘に一人夜道を歩かせるのは心配だ。ヘルディナは馬車のドアを内から開き、彼女を手招きした。

「わたしたちの宿も湖の側なの。送っていくわ。乗ってくださいな」

ティルザは目を丸くしてぶんぶんと首を横に振っていたが、ヘルディナが再三手招きをすると、恐縮しつつも馬車に乗り込んだ。

湖のほとりに到着した馬車から下りたティルザは、何度も頭を下げて礼を述べてから目的の家に走っていった。彼女が向かって行ったのは、ヘルディナたちが宿泊する宿がある方向とは反対側だ。そこには比較的裕福な暮らしぶりが窺える建物が並んでおり、家々より街の中心部側には、城のような教会本部が鎮座している。

ティルザは、クリステルとは幼い頃から姉妹同然に育ったと馬車の中で語った。今はもう一緒にはいられないが、彼女が元気そうで良かったと語る横顔は、どこか誇らしげで、家族同然のクリステルの幸せを心から喜ぶ思いが滲《にじ》んでいた。

心優しいティルザの背中を見送ってから、ヘルディナたちも馬車を降りて宿に向かって歩き始めた。馬車の通れない細い道を進んでいると、突然地震のような振動が足元から伝わり、あちこちで悲鳴が上がった。ガラガラと音を立てて建物が崩れる音と共に、派手な水飛沫が大雨のように街に降り注ぐ。

湖から巨大な〝何か〟が突き出し、天を割るように振り上げられたそれが水面を叩《たた》いて滝のような雨を降らせる光景に、ヘルディナの心臓はドクンと大きく跳ねた。

（これって――）

イラストがあったわけではないが、ヘルディナはこのシーンを知っている。

オスカールート最後の試練。

国の水脈を脅かす魔物だ。

魔物はヘルディナたちがいる方向からは離れた――先程ティルザが向かった教会側をめがけて街を壊そうと暴れている。

「ヘルディナ様！」

ザシュの制止の声を聞きながら、ヘルディナは猛然と駆け出していた。

（クリステルはユリウスルートに入っているはずなのに！）

オスカールートでは、彼が所有する《聖騎士の剣》にはめ込まれた宝珠を目覚めさせるため、あちこちを回っている最中に様々な事件が起きる。その最後の困難が、今暴れている蛸《たこ》に似た、八本足の水棲《すいせい》の魔物だ。

国を騒がせる魔物退治に乗り出したオスカーの危機に、クリステルの力が目覚め、力を増したオスカーを《聖騎士の剣》が認めて魔物は討伐される——というのが本来の筋書きだが、クリステルはユリウスを選んでいる。

（どういうこと——!?）

オスカーが《聖騎士の剣》に認められればいいが、認められなければあの魔物を倒せるかどうかはわからない。


現場に駆け付けたヘルディナたちが見たのは、結界を張り防戦を強いられるユリウスたちの姿だった。彼らは護衛や従者を集めて、教会や街を背にして陣形を組んでいる。

開けた湖のほとりに身を隠す場所はなく、敵の姿も見通しやすい代わりにこちらの姿も丸見えだ。だが、ここを放棄しては街の中心部や教会に甚大な被害が出るのは必至。彼らは横一列に広がり、巨大な盾を作るように結界を展開していた。

「あんな魔物は見たことがないぞ！」

「援軍はまだか！」

後方で声を張り上げて現状確認や報告を繰り返す騎士たちに合流したヘルディナは、息を切らして周囲を見回した。

鞭《むち》のように蛸足を振り回す魔物に苦戦を強いられている彼らは、陣形を崩さず、中央にいるクリステルを守っていた。彼女はすっかり腰を抜かし、湖に向かって泣きながら叫んでいる。

「ティルザ――‼」

「何をしに来た、ヘルディナ！」

街に被害が及ばぬよう結界に集中したまま、ユリウスが苦々しく叫ぶ。しかしこのときばかりはヘルディナも黙ってはいられなかった。

「救援に来たに決まっています。オスカー様は⁉」

「前線で戦っておられます！」

答えたのはオスカーが日頃連れ歩く護衛で、少年のような容貌をした彼女は腕利きの剣士で名を馳《は》せている。しかし、その彼女は肩を押さえて地面に膝をついていた。負傷したのだろうが、どのみち多少の魔法が使えたところであの怪物を沈めることはできない。

「オスカー様は《聖騎士の剣》を持っていらっしゃる⁉」

護衛の騎士が首を横に振り、ヘルディナはぎりりと歯噛みした。

（持ってないなんて……‼）

用もないのに伝説の宝剣を持ち歩く馬鹿はいないのは正論だが、これでは打つ手がない。力を合わせて討伐できるものなのか。ヘルディナがほんの一瞬悩むうちに、巨大な蛸足の二本目が水中から伸びてきて、オスカーを薙《な》ぎ払った。

「オスカー様！」

声の限りに叫んだ彼の護衛が、土の上に投げ出されたオスカーの元に駆け出し、後衛に回っていた下級騎士たちと共に倒れた彼を回収する。結界内まで引きずられてきたオスカーは腹から血を流しているが、まだ息があり、護衛の一人がすかさず治癒魔法で応急処置にあたった。ぐったりとした異母弟の姿を冷ややかに見下ろしたユリウスが派手に舌打ちする。

「役立たずが……援軍はまだか！」

周囲の声が遠くなる。

（あの魔物は、オスカー様の敵なのに……）

援軍など意味はない。束でかかったところで、相手は滅多に見ないほどの大物だ。

それに、援軍を待っていてはティルザを助けられない。

ヘルディナは頭を働かせながら、必死にティルザを探した。だが、彼女の姿は見当たらない。うねうねと水面から覗く蛸足のどれかがティルザを抱え込んでいるのだ。巨大な蛸足はユリウスたちの張った結界を叩いている。未知の魔物に防戦一方を強いられてる状況は、悪くなるばかりだ。皆必死にできることをしている。しかし、誰もティルザを助けようとしていない。このままでは、彼女は死んでしまう。

（《聖女の首飾り》もない、《聖騎士の剣》もない……）

だが、あの化け物の弱点をヘルディナだけは知っている。

物語《ゲーム》のクライマックスで、火を纏う《聖騎士の剣》が巨大な魔物の目を貫き、断末魔をあげて魔物は倒れる。

弱点は目。特に火の属性に弱い。

ほんの一瞬、水面から顔を出したその瞬間が勝負――

ヘルディナは、泣き崩れるクリステルと、気を失っているオスカー、そして結界を展開するユリウスと、自分の隣に立つザシュを順番に見た。

――ザシュなら、できるはずだ。

「ザシュ！　わたしが力を貸すから、あの怪物が水面から顔を出したとき、目を狙って攻撃するのよ！　あなたなら、ティルザを救えると信じてるわ」

「おい、ヘルディナ！　勝手な真似はよせ！　援軍を待て‼」

「援軍を待っていてはティルザの命はありません！」

「修道女一人で済めば安い犠牲だ‼」

「何ですって――⁉」

ヘルディナの頭の中で、ぶつりと血管が切れる音がした。

「救える命を見殺しになんてできません‼」

「ヘルディナ！　勝手は許さんぞ！」

「許可など必要ありません‼　わたしには人命救助の大義名分があるのよ‼　あの化け物を倒せないなら黙っていなさい‼」

感情のままにヘルディナが叫ぶと、空気が揺れて風が砂埃《すなぼこり》を舞い上げた。こんなふうに気持ちを乱すのは久しぶりで、ヘルディナは自分を落ち着けようと胸に手を置き、反対の手をザシュの肩に置いた。

「いくわよ」

「はい」

息を止めて力を掌に集中させると、背を向けたザシュが笑ったのがわかった。彼の体内に、ヘルディナの魔力が流れ込んでいるのを感じているのだろう。

蛸足の化け物が水面から顔を出す。湖面が揺れる水飛沫の向こうに、光のない黒の瞳がぎょろりと覗く。

ザシュが腕を伸ばして手を翳《かざ》すと、赤い光線が魔物の目の上にひたりと当たった。うねうねと蠢《うごめ》いていた蛸足がぴたりと動きを止め、ザシュの手から赤い光が途絶えると、魔物の巨大な眼球が灰となって流れ出した。

不気味な悲鳴が響き渡り、魔物の体から湯気が立ち上る。ぼろぼろと崩れるように、化け物の中央から足先まで灰化して、巨大な体は跡形もなく崩れ去っていた。

「誰か、捕まった修道女を探して！」

ヘルディナの指示に、呆然とした護衛たちが、戸惑いつつも何人かで湖に向かって行く。ユリウスの厳しい眼差しを感じながら、ヘルディナは毅然とした態度を崩さなかった。

（間違ったことはしていないわ）

ティルザを助けるための行動が今後自分の首を絞めることになっても、ヘルディナはきっと後悔しないだろうと確信していた。

ユリウスに力を送り雷を降らせても良かったが、彼の属性よりもザシュの方が有利だった。それに、ユリウスの魔法制御能力を、ヘルディナはあまり信用していない。

その点、ザシュの力は信頼できる。

無事ティルザが発見されて運ばれてくると、クリステルは気を失った彼女に駆け寄り、すぐに治癒魔法で傷を癒やしていた。その発動から治癒能力の精度まで、完璧な仕事ぶりを見届けてから、ヘルディナたちは誰とも口を利かずにその場を去った。


「夜中に呼び出された僕の立場にもなってほしいよ……」

疲れた顔のドリオが宿にやって来たのは、深夜を回った頃だった。

すっかり消耗したヘルディナたちは、宿に戻って一階の長椅子に座ったまま寝入ってしまっていた。ザシュに至っては、ドリオやその従者がやって来てもまだ目覚めない。長椅子に俯せになり、死んだように静かに眠っているのは、ヘルディナが『補助』の力で魔力を底上げした反動だ。皆、必ずこうなるのだ。

魔物が現れた湖を『浄化』するために呼ばれたのは、ヘルディナへの当てつけなのかドリオだった。夜に「今すぐ来い」と呼びつけられたドリオには申し訳ない限りである。

「お兄様にはいつもご迷惑をおかけしてばかりで、申し訳ないと思っています」

「まぁ、今回は人の命がかかっていた一大事だから……深夜に呼び出された不満はあれど、罪のない修道女を救った君たちを誇りに思うよ。それにしても、ザシュはよく魔物を倒せたね。かなり大きかったと聞いたよ」

「それはもう、山のように巨大な魔物でした。けれど、ザシュはもともと魔力が多いですし、灰化の力も強力ですもの」

一瞬で物を灰にしてしまう力の正体は、強すぎる炎。

ザシュは器用で一通りの基本的な魔法を扱うが、幼い頃から特に目立っていたのが、対象を灰にさせてしまう力だ。魔力は、感情が乱れたときに意図せず流れ出し、その魔力が引き起こす事象が一番向いた能力だと言われていて、ユリウスは雷、ヘルディナは風を起こす。ザシュは感情を乱すと近くにある物を灰にする力を持っており、そのため幼い頃は孤児院で追い出されかけていたのだ。遊び道具も、家具も、食器も、家畜も、彼が少し感情を乱すだけで灰化させてしまう。本人がその能力に怯えるほど、魔力は制御できなくなる。

「ザシュは小さい頃から、鍛錬を積んできましたもの。彼ならできると信じていました。

わたしの助けなどなくとも、魔物を倒せたかもしれません。小さい頃、本人が力を嫌ってたのが懐かしいよ」

「まぁ、ザシュは頑張り屋だったからね」

兄妹の視線を受けても、彼はぴくりとも動かずに寝入っている。

ヘルディナが十五、六歳の頃から、ザシュはドリオの侍従として仕えていた。護衛の騎士や魔法の使える特殊な薬師など以外には、基本的には同性の側近を置くのが普通だからだ。彼がヘルディナの従僕に戻ったのは——

（あれ……いつだったかしら？）

手繰り寄せた記憶の糸がぷつりと途切れているような、不思議な感覚に襲われる。ザシュは、いつ自分の従僕に戻ったのだろうか？

わずかに首を傾げたヘルディナの思考を呼び戻したのは、ドリオの声だった。

「そうだ。どうやら、あの魔物がこの国の水脈の一部を汚染していた犯人だったみたいだよ。本格的な調査は、本体が跡形も残っていないからできないけど、間違いないと思う。汚染された水の感じが、オースルベークと同じだったから。水棲の魔物は、水があるところならどこでも現れるからね。どこか遠いところから、ここまで辿《たど》り着いたんだろう」

魔物は転移門など使用せずとも、どこにでも現れる。特に魔力の集まるところに出現しやすいといわれているが、人里離れた山村にも出現するため、定かではない。だからこそ厄介なのだ。

「それでは、オースルベークの件も、これで一件落着ですわね。良かった」

胸を撫で下ろしたヘルディナの体に、ドッと疲れが押し寄せてくる。

負傷者は出たものの、魔法で治療できる程度の怪我。死者も出ていない。オースルベークの件も解決したとなれば、大きな山場を越えた充足感も湧いてくる。

本来オスカールートで起こるはずの事件が、ユリウスルートで起きた衝撃は大きいが、クリステルが力に目覚めず全員ジ・エンド、とはならなくて、良かった。

「さすがに、わたしも疲れました……」

口元に手を添えて欠伸を噛み殺すと、ドリオがくすりと笑って立ち上がった。

「それじゃあ、僕は領地に戻るよ。明日も予定があるしね」

「泊まっていかれては？　明日の朝の出立では間に合いませんか？」

「僕はこう見えても忙しいんだ。それに、僕は繊細だから、枕が変わると眠れない性質なんだよ。……この様子なら、君たちは心配なさそうだしね」

ザシュを見下ろしたドリオが零した言葉の意味が、今夜はよく理解できた。

きっと、ザシュは今夜起き上がることすらできずに朝まで深く眠ることだろう。

だがドリオの心配については、昨夜の段階で既に手遅れであるなど口が裂けても打ち明けられず、ヘルディナは黙って兄を見送ったのだった。

＊　　＊　　＊

自分の呻き声で目を覚ましたオスカーは、割れるような頭痛に顔をしかめた。きつく拳を握った自分の手に重ねられた、シーラの手の冷たさと、彼女の心配そうな声が徐々に頭の芯に染みていく。

「ここは……」

「ブラウェの教会です。オスカー様、ご気分はいかがですか？　お水をご用意しましょうか？　あぁっ、まずは医師を呼んで──」

「いや、いい。いいんだ、シーラ……俺は……ひどい夢でも見ていたのか……」

「オスカー様は、勇敢に魔物と戦われていました。私が力及ばず、負傷して下がったばかりに、オスカー様にこのようなお怪我をさせてしまいました……どんなときでも、オスカー様の盾になると誓いを立てたのに……申し訳ありません」

悔しげに唇を噛みしめたシーラの瞳に、透明な膜が張っていく。オスカーは上掛けの中から腕を伸ばし、彼女の頬にそっと触れ、親指でその涙を拭った。

「泣くな。お前は俺の、勝利の女神だ。側にいるだけでいい」

自分で言ったその台詞は、ひどく懐かしく感じられた。この言葉を、何度彼女に捧《ささ》げたことだろう。

彼女の目が見開かれ、透明な雫《しずく》がほろりと零れ落ちる。シーラは少年のように短い髪が揺れるほどの勢いで乱暴に涙を拭い、「医師を呼んでまいります」と立ち上がった。彼女の足音が遠ざかり、部屋から彼女の気配が消えてから、オスカーは頭を押さえながらベッドの上で身を起こす。

包帯の巻かれた腹はまだ痛むが、傷は塞がっていて大騒ぎするほどのものではない。

ブラウェ滞在の間、宛がわれた部屋をぐるりと見回す。見覚えのある重厚なテーブルも、複雑な彫刻を凝らしたドアも、今朝見たばかりで間違いないはずだが、その記憶はどれも遠く感じられる。

「俺は、いったい……」

拍動するように、頭蓋の内側が痛む。こめかみを押さえたオスカーの頭に、銀色の髪に菫色の瞳を持つ娘、クリステルの姿がゆっくりと浮かび上がる。

彼女の姿を思い起こした途端に、オスカーの背筋にぞくりと怖気が走った。

「あんな女を、俺が愛するわけがないだろう……？」

オスカーにとって最も愛する者は、シーラだったはずなのだ。

だが、クリステルに出会った、学園入学の日以降のオスカーの記憶は、自分でも信じられないほどにクリステルに染められていた。あれほど熱を持っていたはずの感情は、今はすっかり胸の中から失われていて、いつまでもオスカーを混乱させた。

＊　＊　＊

「終わらないわね」

目の前に山と積まれた大量の洗濯物を眺めながら、ヘルディナは痛む腰を拳で叩いた。今朝も朝一番から孤児院に向かったヘルディナとザシュに与えられた奉仕活動は、洗濯だった。どうやら、ユリウスから何かしらの通達があったようだ。

昨夜の一件で、何事もなく今日一日が終わるとは思っていない。

孤児院にいる子供たちも、大人も、皆昨日の大事件を既に耳にしているようだったが、その話題について触れることを禁じられているのか、ヘルディナたちが質問攻めにあうことはなく、むしろよそよそしく声を掛けることすら躊躇っているような態度だった。

（まぁ、こちらとしては慣れたものだけれど）

悪人として刺さるような視線を向けられた卒業祝典での疎外感は忘れもしない。それに、ユリウスが先んじて手を回してヘルディナの印象を操作しているなど想定内だ。わざわざ気にするだけ無駄というもの。

ちょっぴり傷付くだけで、領地に戻ったときには忘れているくらいの出来事なのだ。

それよりも、この終わりの見えない洗濯物の山の方が余程問題だ。

孤児院の裏庭にある洗い場と、それに続く広い物干し場で、二人は汚れ物とずっと格闘している。

「ヘルディナ様は座っていてください。俺がやります」

「何度も言うけれど、わたしだって洗濯くらいできるのよ」

ザシュは始め、頑としてヘルディナに労働をさせようとしなかった。しかし、ヘルディナが「楽しそうだからわたしもやるわ」と言って袖を捲《めく》り上げると、諦めたように無駄な抵抗をやめた。洗うのはザシュの仕事で、ヘルディナは洗濯物を干す係で分担しているものの、何せ量が多いものだから作業が進んでいるのかわからない。

「……これ、全部干せるのかしら？　物干しがもう半分以上埋まってしまったわ」

「終わる頃には最初に洗ったのが乾いてるんじゃないですか？」

「魔法で乾かしてしまおうかしら。その方が早いと思わない？」

「それなら今すぐドリオ様を呼んでください。『浄化』の力なら一瞬で終わりますよ」

山と積まれた汚れ物をドリオが一生懸命浄化する光景を思い浮かべ、ヘルディナは吹き出してしまった。三角眉を下げた兄の困り顔がありありと浮かび、口を両手で押さえてもなかなか笑いが収まらない。

「お兄様の『浄化』の力をそんなことに使わないで」

ヘルディナとザシュは笑いながらも作業を進め、しばらくした頃に二人の昼食が届けられた。布に包まれたそれは、笑えるほどに具の少ないサンドイッチで、どうやら二人は食堂に入ることも許されなかったらしい。

まだ幼い少年を連れて食事を運んできた修道女に、ザシュが「ヘルディナ様だけでも中で」と言い募ったが、ヘルディナがそれを制した。彼女たちに頼んでも、困らせるだけだ。

「どうしてお外でたべるの？　わるいひとだから？」

無邪気な少年の質問に、修道女は青くなって彼を抱きかかえるようにして去って行った。

「外で食事なんて、ピクニックみたいで楽しそうだわ。あの木の下で食べましょうよ」

二人は孤児院の敷地を表す杭《くい》の側に、一本だけ残された木の下で食事することにした。敷布もなく地面に座ることにも、汚れることを前提とした僧衣のせいか、背徳感はなかった。

「ねぇ、さっきのあの男の子、小さい頃のザシュに似ていたわね」

質素なサンドイッチを食べながら、先程の少年にザシュの面影を重ねていたヘルディナだったが、比較された本人は納得し難いと主張するように眉を下げている。

「俺はあんなでしたか？　もしかして、あの子も俺みたいに引き取るつもりですか？」

「まさか。犬じゃないんだから、可愛いからって連れて帰れないわ。責任が取れないでしょう？　それに、あなたは特別よ」

ザシュを引き取ることをメイエル侯爵が許したのは、彼が魔力を持っていたからだ。誰彼構わず引き取るつもりはない。

「だったら、これからもヘルディナ様の犬は俺だけですね」

ザシュの声は弾み、顔には満ち足りた笑みが浮かんでいる。

その笑顔にヘルディナの乙女心が爆ぜた。

（ずるい、そんな顔ずるいわ……！）

高鳴る胸を押さえながら、ヘルディナは心の中で悶《もだ》える。

推しの笑顔などオタクにとっては凶器も同然。あと百万回今のやり取りを繰り返しても同じだけ胸がときめく自信がある。

親愛と恋愛の情が混ざる胸の内は熱く、その熱はヘルディナをひどく戸惑わせた。

だが同時に、その笑顔に懐かしさも湧きあがってくる。

（あれ……？）

懐かしいのは、笑顔だろうか。

とくとくと駆け足になるこの胸の高鳴りを、心臓が覚えているような気がする。

彼を異性として意識したのは前世の記憶を取り戻してからのはずなのに、もっとずっと前から――

「――ヘルディナ様」

頬を染めたヘルディナを呼ぶのは、鈴を転がす声だった。

はっとして振り返ると、そこには周囲を気にした様子の僧衣を纏うクリステルがいた。孤児院の裏口のドアから出てきた彼女は、しきりに周囲を窺いながらこちらへ接近してくる。

「クリステル、ごきげんよう。何か用かしら？」

立ち上がろうとしたヘルディナの目の前に、クリステルが両膝をつく。彼女は手に持っていた荷物を草の上に置くと、躊躇うことなくヘルディナの手を握った。思いがけない接触にぎょっとしたが、彼女はヘルディナを真っ直ぐに捉えた。愛らしい菫色の瞳は、いつになく強い光を湛えている。

「昨日は、ティルザを助けて下さって、ありがとうございました」

一言一言噛みしめるように伝える彼女に、ヘルディナはゆっくりと頷いた。昨夜取り乱していたクリステルだが、今日は打って変わってしっかりした様子だ。あれほどの魔物に遭遇したのはヘルディナも初めてだが、クリステルの恐怖は自分のそれとは比較できない。つい最近まで魔力に気付いていなかった彼女は、他の国民たちと同じく、魔物に遭遇したら死を覚悟する以外にできることはないと体に染みついていたはずで、その怪物に友人を攫《さら》われた絶望感は想像しただけで恐ろしいほどだ。

「あなたも無事で何よりだわ。ティルザの容体はご存じ？　ケガはないようだと、小耳に挟んだけれど」

「無事です。今日は大事を取って休んでいますけど、今朝お見舞いに行ったら元気そうにしていました。ヘルディナ様に、絶対にお礼を伝えてほしいと言われたんです。心から感謝しています。ティルザも、わたしも」

「できることをしただけです。ティルザが無事で本当に良かったわ。知らせてくれてありがとう。わたしも安心しました」

ありきたりだが心からの言葉で返すと、彼女は深く頭を下げて、もう一度ヘルディナに感謝を表した。ヘルディナの手に額を擦りつけるように腰を折った礼はあまりにも目立つ気がして、ヘルディナは慌てて彼女の腕を引いてそれをやめさせる。

「も、もう十分よ。わたしは大したことはしていないんだから。お礼を言うなら、ザシュに言ってあげてちょうだい——ところで、ユリウス様は？」

　クリステルに頭を下げさせている現場を押さえられるのではと、きょろきょろと周囲を見回していると、彼女は首を横に振った。

「ユリウスは、昨夜の件の事後処理で教会にこもってるんです。夕方まで会議だと言っていたので、こっそり抜け出してきたんです。ユリウスは、王宮にある資料の方が優れていると言って、ここの資料庫に行くのを許してくれなくて……」

（うわぁ……言いそうだわぁ……）

　頭の固いユリウスの束縛によく耐えられるものだとクリステルに感心しながら、ヘルディナは「あぁ……」と曖昧に相槌《あいづち》を打った。その態度が、クリステルにはユリウスと同じ無反応に思えたらしく、矢継ぎ早に資料庫の説明を始めた。

「あの、本当にこの近くにある資料庫は充実しているんです。資料を集めるためだけに建てられた建物で、古い絵なんかも収められていて。建国以前のすごく古い資料も残されていて、天使とか、魔物や、魔霊についてのおとぎ話みたいなものもたくさんあって——」

（魔霊？）

　ドクンと大きく鼓動が跳ねた。

　怖いもの見たさに近い好奇心がむくむくと膨れ上がり、ヘルディナの淡い青の瞳をきらりと輝かせていた。

「よろしければ、ヘルディナ様もご一緒にいかがですか……？」

上目遣いに尋ねるクリステルに、ヘルディナはしばらく黙っていたが、結局頷いて彼女について資料庫に行くことにしたのだった。


孤児院の洗い物を、魔法を使って洗濯機と乾燥機方式で片付けたヘルディナとザシュは、クリステルの案内で資料庫を訪れた。

教会の脇に建てられたそこは、倉庫と呼ぶにはあまりにも立派で、正面玄関や広間には各地から寄贈された石像などが飾られている、ちょっとした美術館のような施設だった。

その施設の裏口から、忍者よろしく資料庫の書物室に侵入したヘルディナたちは、埃だらけの書架の林で格闘することとなった。一部蜘蛛《くも》の巣が張ったそこは、あまりにも雑然としていて目当てのものを探すのは一苦労だ。何せ、棚に詰め込まれた資料は背表紙を向けて並べられてもいないのだ。乱雑に積まれているそれらの中から宝珠の資料を探すのは骨の折れる作業に思えた。

(せめてジャンル別に分けてほしいわ……著者別でも、出版年代別でもいいから……秩序はどこに行ってしまったのよ……)

心の中でぶつくさ言いながら、ヘルディナは、自分について回るクリステルのために宝珠の資料を探してやっている。ヘルディナは右側の書架を、クリステルは左側の書架を探しながら、同じペースで歩いていた。

「ヘルディナ様、あの、聞いてもいいですか?」

「なぁに？」

棚に置かれた本を指先でずらして背表紙や表紙を確認しながら応じると、クリステルが少し間を置いて、声を潜めた。

「ザシュのこと、本当に監禁していたんですか？」

「ええ、今も領地では監禁しているわよ。それがどうしたの？」

「……あの、わたしのことも、本当にヘルディナ様が、奴隷紋で命令されたんですか？」

「そうよ」

実際のところは、ヘルディナはザシュに「クリステルを殺せ」と命じただけで、奴隷紋を使って強要していたわけではない。だが、そう信じ込ませておいた方が、後々彼がヘルディナの元を離れるような事態に陥ったときに、事が有利に運ぶ気がした。

「……だとしたら、おかしいです。彼は、わたしを一度も本気で殺そうとしなかったから。奴隷紋で下された命令は、絶対に逆らえないんですよね？」

「……まぁ、何事にも例外はあるものよ。単純に、ザシュよりあなたの方が強かったとか、わたしの命令の仕方が曖昧で強制力が本来のそれよりも弱くなってしまったとか、考えられる可能性は山ほどあるわ」

ひやりとしつつ、ヘルディナは平然と嘘《うそ》を並べる。そんな話題、今更蒸し返したくはない。

この棚には目当ての本はないと判断したヘルディナが足を進めると、隣でクリステルも次の棚に移る。

「……ザシュがわたしを殺そうとしなかったと聞いても、怒らないんですね」

「ええ、後悔しているもの。あのときのわたしは、おかしかったのよ。どういう理由かわからないけれど、ザシュがあなたを殺さずにいてくれて良かったと思っているわ」

「本当は、ヘルディィナ様は、わたしを殺すつもりなんてなかったんじゃないですか？　わたしには、ヘルディィナ様がそんなことをする人だとは思えません。あのときは……怖かったけど……今は、わかります。ヘルディィナ様が、どんなに素晴らしい方か」

「買いかぶりすぎではないかしら。あなたの大切なティルザを救ったのと、あなたを殺そうとしたことは、切り離して考えるべきだと思うわ」

人は誰しも二面性を持っている。家族に見せる顔、職場で見せる顔、赤の他人に見せる顔。全て同じ人の方が少ないとヘルディィナは思う。外では鬼のような顔をした厳しい上司が、家では愛娘にめろめろだなんて、よくあることだ。

（まぁその理屈でいくと、わたしは極悪人の一面を持つことになってしまうのだけれども）

過去の自分がどんな思いでクリステルを亡き者にしろと命令を下したのかは、今でもよくわからない。

だが、自分が犯した罪を、善行一つで帳消しにできると思えるほどヘルディィナは楽天家ではなかった。罪は罪。人を傷付けた過去は消せない。クリステルがどれほど怖い思いをしたか知っているからこそ、自分を許せないのだ。

それにしても、随分と懐かれてしまったものだ。

自分とて、もしユリウスがザシュやドリオの命を助けてくれたとしたら、彼に頭を垂れて一生の忠誠を誓うだろうが。

「そんなにお人好しだと社交界で食い物にされてしまうわよ。ユリウス様がご一緒のときには守ってくださるでしょうけれど、今後はあなた一人で立ち回らなければならないときもあるはずなのだから。咲き初めのバラのように愛らしい貴婦人が、頭の中まで甘い砂糖菓子で出来ていると思ったら大間違いよ。皆、大なり小なり闇を抱えて生きているのだから。気を付けたほうがいいわ」

クリステルは小さく「はい」と受け入れた後、衣擦れの音を立てながら振り返った。

「でも、そうやってわたしに助言を授けてくださるヘルディナ様は、やっぱりいい方だと思うんです」

（いい子なのはあなたよ、クリステル……）

純真無垢《じゅんしんむく》な彼女が眩《まばゆ》くて、ヘルディナは決して振り向かなかった。棚の中から一刻も早く彼女の目当てのものを探そうと目を走らせる。

「あっ――あったわよ」

書架の最上段にある分厚い本を指してヘルディナが言うと、クリステルが「わぁ、良かった」と手を伸ばした。しかし、ヘルディナより数センチ小柄な彼女が届くはずもない。

「ザシュ、ちょっと手を貸してくれる」

呼びつけたザシュに「あの本を」と頼めば、彼はすぐに手を伸ばして本を引っ張り出し、クリステルに手渡す。

「ありがとう、ザシュ」

クリステルが屈託のない笑顔で伝えた礼に、ザシュは表情筋の死んだ顔で頷いて応えた。

（そうそう、その顔よ……）

前世で愛した彼は、いつもそんな顔をしていた。表情差分の変化が一番乏しい画面上のザシュが思い出され、感動さえ覚える。

ゲームのスチルだと、ザシュの黒髪とクリステルの銀色の髪は、まるで白と黒の対になる存在のように描かれていた。中でもハッピーエンドのスチルが一番好きだった。闇の中から彼を救い出そうと必死に手を差し伸べるクリステルは、まるで愛情で彼を包もうとしているように優しく、ザシュがようやく「だったら一緒に死んでくれ」と苦しみを吐き出し、彼女の愛に寄りかかるようにして迎えた二人の最期。

倒れた二人の髪が混ざり合い、ようやく二人だけの灰色の世界に旅立てた静かな幸せを象徴しているようで――

ふと、ヘルディナの胸にツキンと鋭い痛みが走った。

胸の奥に小さな針が埋め込まれたような痛みは、クリステルが「ザシュも元気そうで安心した」と掛ける声を聞いているうちにどんどんひどくなっていく。

喉に砂を詰められたように息が苦しく、胸の痛みは頭の芯までじんじんと伝わる。

『この女さえいなければ――』

幾重にも重なって響く低い声が、耳の奥でヘルディナに囁きかける。

ドクン、ドクンと拍動する心臓に合わせて、その声は何度も繰り返す。

『この女さえいなければ――』

毒が血に乗って巡るように、頭がぼんやりとして、宙に体が浮いたようだ。

『この女さえ――』

そうだ、この女が憎い。

全部、彼女がいけないのだ。

『この女さえ、いなければ――！』

ガラガラと喉を鳴らした醜い囁きに、ぞわりと肌が粟立《あわだ》った。

その声は、間違いなく自分の声だった。

「っ……！」

耳を押さえてしゃがみ込んだヘルディナに、ザシュが駆け寄って体を支えた。

「ヘルディナ様、ヘルディナ様！」

繰り返し名前を呼ぶ彼の声が、毒に侵された体を浄化していくように暗い感情が薄れていく。胸の内から憎悪が消えると、体が一気に重くなった。ぐったりとした体をザシュが抱き寄せ、ふわりと優しい匂いがヘルディナの鼻腔《びくう》を擽る。

「ヘルディナ様？」

彼の手が、きつく目を閉じたヘルディナの頬に触れる。嫌な汗でしっとりと冷えた肌を、彼の熱が温めてくれるのが心地いい。その熱はやがて、憎悪で凍てついたヘルディナの胸の内にも伝わり、じわじわと心を溶かしていった。

「ザシュ……」

ひどい気持ちだった。どういうわけか、クリステルが憎らしくて仕方がなかった。

目の前の彼女が全ての元凶であるように見えて、火に油を注ぐように彼女の姿や声がどんどん憎悪を膨らませた。

だが、もうその感情は欠片もヘルディナに残っていない。

残っているのは、自分の残酷で醜い一面に対する恐怖だけ。

――二面性。自分には、憎しみや嫉妬に呑まれやすい弱い一面が間違いなく備わっていると実感して、恐ろしかった。

「ごめんなさい、少し、立ち眩みがしただけよ……昨日の今日で、魔力を使い過ぎたのかもしれないわ。ちょっと休めば、平気だから」

もっともらしく並べた言い訳は微かに震えていたが、クリステルは信じたようだった。

彼女は部屋の片隅に置かれていた本が山積みになった椅子を、わざわざ本を下ろしてヘルディナの元まで運んだ。

「ヘルディナ様、椅子をお持ちしました。こちらで休んでください」

「ありがとう……」

ザシュの腕の中から椅子に移ったヘルディナは、背もたれと肘掛けに体を預けて目を閉じた。

「……馬車をこちらまで回します。このまま領地に戻りましょう」

「ええ……そうね。そうしましょうか――待って、ザシュ」

すぐにでも馬車を呼びに出て行こうとした彼の手に触れ、ヘルディナは自分の力をほんの少し分け与えた。

「敵に気を付けて……」

ザシュは渋い顔をしていたが、離れた間に彼に何かあっては後悔してもしきれない。ヘルディナの異変は、魔力の使い過ぎによる体調不良ではないことくらい、ザシュも気付いていたのだろう。彼の赤い瞳はいくつも言いたいことを抱えていたが、結局口を閉ざして部屋から出て行った。

「ヘルディナ様、ご気分はどうですか？　お水を汲《く》んできましょうか？」

「いいのよ。お気遣いありがとう。あなただって時間は限られているんだから、今のうちにその本に目を通しておいて」

「いえ、これは魔法で複製を作って、こっそり持って帰ります。わたし、本を読むのもすごく遅くって……」

肩を竦めて笑ったクリステルは、早速手に持つ本を魔法で複製した。物にしか使えない魔法で、効果は一週間ほどで切れて複製品が消える仕組みだが、非常に便利な魔法である。

「わたしにも見せてくれないかしら？　どんなことが書かれているのか、興味があるわ」

ヘルディナは彼女に手を差し出し、本を受け取った。ぱらぱらとページを捲ってみると、宝珠の歴史から事細かに記されていて、なかなか興味深い項目が続いている。どうやらこの著者は、宝珠は人の魔力を凝縮したものと考えているようだ。

宝珠が発掘された地域と、魔霊や凶悪な魔物が現れた地域との関連性が記されており、どの記述も推測というには乱暴なこじつけの域を出ないものの、考え方は面白い。だがこの記述が真実だとすれば、宝珠は人の魔力を結晶化したもので、ヘルディナを所有者と認めた《聖女の首飾り》も、元は人の力だったということになる。

（それって……不気味すぎるわ……。本当なわけがないわよね……）

更にページを捲っていくと、『人間の魔力を結晶化する魔法陣』や『人体再生の魔法陣』などのかなり怪しい記述まで登場した。

だが、巻末にはしっかりと現在考えられている宝珠の求める条件と同じものが記されている。《聖女の首飾り》が求めるものは、豊かな魔力、己の力を制御する技術、国への忠誠心。この三つが何より大事だと本文は締められている。

悪くない読み物だとヘルディナは感じた。

「あなたの魔力は豊かよ。足りないとすれば、それを制御する技術と、国への忠誠心だと思うわ。それは一朝一夕でどうにかなる問題ではないから、焦らないで」

彼女に宝珠を渡した際には、遠慮して言えなかったが、この助言を授けられるのは彼女と同じ能力を持つ自分だけだろう。

「もし、またユリウス様が視察でお出掛けになることがあったら、ご一緒してみて。国を地図で見たってなかなか愛国心は育たないけれど、実際にいろんな場所に行ってみると、その土地の人々との思い出が、国を守りたい気持ちに繋《つな》がると思うから」

ヘルディナはそうだった。十歳の頃から各地へ赴き人々と触れ合った経験が、それまで漠然としていた愛国心を育てたのだ。

「それからね。魔法制御は、特に魔法学園でも使っていた『初等魔法制御訓練』の第一項の反復をお勧めするわ。『補助』の特性は、数が少ないために参考資料も充実していないけれど……わたしは、あれを五歳から十年間は欠かさなかったの。効果はあると思うわ」

「あっ、はいっ！　王宮に戻ったら、早速試してみます」

本当は、学園在学中に、こうして彼女にいろいろなことを教えてあげられたら良かったのにと、後悔が過った。しかし、今更思い返したところで時は戻らない。後悔しても、自分の醜い本性をなかったことにはできない。

これから変えていくしかない。未来は変えられるはずだから。

そう強く思うのに、ヘルディナの耳の奥では、いつまでも自分に囁きかけるもう一人の自分の声がこだましていた。

第四章

ヘルディナたちが別邸に戻って十日ほど経過した頃だった。

オースルベーク公爵夫人アナベルからの便りが届き、『然《さ》る方と伺いたい』と訪問の許可を求める内容が記されていた。彼女が連れてくるというのだから信頼できる方のはずだと判断したヘルディナは、すぐに快諾の返事を送った。

約束の日、いつものようにきつく髪を結ったアナベルが同伴してきたのは、ユリウスの異母弟である王子、オスカーだった。彼女をもてなすために、自ら焼き菓子作りにも乗り出していたヘルディナは、がくんと膝から崩れる思いだった。

（どうしてオスカー様を連れて来てしまったの……関わりたくないのに……）

できるだけ攻略対象とは関わりたくないのだ。特にユリウス周辺の人物は避けたい。

だが迎え入れてしまったものは仕方がない。ヘルディナは彼らを予定通りに応接間へ招き、お茶でもてなした。

「ブラウェ地区では世話になったよ、ヘルディナ。感謝している」

「恐れ入ります」

ヘルディナはできるだけさらりとその話題をかわしたかった。しかし、確実にヘルディナの心情を理解してくれているはずのアナベルが、今度はその話題に自ら触れた。

「ブラウェでは大変な目に遭ったそうですね。既にその話題で持ち切りですよ。あなたがまたクリステルを謀殺しようと企み、魔物まで召喚してしまった、と」

（なんですって……⁉）

傾けかけたカップをぴたりと止めて、ヘルディナはぴんと背筋を伸ばしたままアナベルに「詳しくお聞かせいただけます？」と詳細を尋ねた。どれだけ心の中がかき乱されようとも、彼女の前で取り乱すなどあってはならないことだ。

アナベルは、順序立てて説明した。

王宮に戻ったユリウスは、今回の騒動は全てヘルディナの策謀であったと国王以下諸侯に報告した。彼の説明によると、ヘルディナは調伏魔法を悪用し、知能が低く巨大で危険な魔物を選んで配下に置いて自在に操っており、今回の魔物も彼女が召喚したものだというのだ。無論その荒唐無稽な話を信じない者もいるが、謹慎に処されたヘルディナがブラウェにいた事実もあり、彼女はやはり危険なのではないかと危ぶむ者が出ている。

（え……わたしをブラウェ地区に行かせたのはユリウス様なのに……？）

彼は、自分がヘルディナたちをブラウェ地区に向かわせたことを隠している。

初めから全部、彼が仕組んだことだったのだろうか。

怒りよりも呆《あき》れが大きく、ヘルディナは思わず眉間に皺《しわ》を刻んでいた。見咎《みとが》めたアナベルの片眉が跳ねあがるまで、自分がどんな顔をしているかもわからなかったほどだ。

「わたしは、ユリウス様からのご命令で、ブラウェ地区にまいりました。それに、調伏魔法は魔物に使えるようなものではありません。相手に言葉が通じ、意志の疎通ができるからこそ行動を縛れるのです」

ヘルディナの主張に、アナベルは目を見てしっかりと頷《うなず》いた。

「勿論《もちろん》、わたしはあなたを信じています。オスカー様からも、同様にお話を伺いましたから」

「だが、俺の意見など既に意味を持たないほど、兄上は声高に君の悪事を触れ回っている」

優雅にカップを傾けるオスカーの声は、静かで表情を見せない。

「兄上の当初の予定では、君がブラウェ地区の孤児院でひどい振る舞いをしているところを押さえて、そのままサンデル修道院に閉じ込めるつもりだったようだが、魔物が現れて計画は崩れ去った。兄上は事後処理で君どころではなかったから、魔物を利用したんだろうな。兄上にクリステル、その護衛たちに俺にシーラと騎士団数人、それに加えて君と君の従僕……それだけ揃《そろ》えば、魔物を引き寄せて当然だ。あの地は、王都と違って結界で守られているわけではないからな」

饒舌《じょうぜつ》に語るオスカーに、ヘルディナは冷たい薄氷色の目を向けた。

今の口ぶりでは、彼はユリウスの計画を始めから知っていたようではないか。

「オスカー様も、わたしが孤児院で横暴な振る舞いをすると思っておいでだったのですか？　それに、オスカー様は、どうしてユリウス様とご一緒にブラウェ地区にお見えだったのですか？」

「君のことは誤解していたと正直に謝ろう。ブラウェ地区を訪れたのは、無論、兄上にお誘いいただいたからだ。兄上は、君や君の従僕と戦闘になったとき、俺を盾にしたかったのかもしれないな。もしくは、君をその場で制裁するために、体のいい味方が必要だったか――いずれにせよ、兄弟の親睦を深める時間はなかったよ。相も変わらず冷えた関係さ」

　彼がヘルディナに寄越す眼差しには、何ともいえぬ含みがあった。

　オスカーは、誰に何をどこまで話していいのか、よくよく見極める目を持った人間だ。その彼が兄の悪事をオースルベーク夫人とヘルディナに打ち明けているということは、彼はヘルディナを信用しているということになる。彼の目には、それくらいはわかるだろうと揶揄《からか》うような色があるのだ。

（だけど……これまで関わりもなかったのに、どうして？）

「それにしても、いったいユリウス様はどうしてそこまでしてあなたを貶《おとし》めたいのでしょうね。クリステルという娘のために、そこまでするかしら？」

　誰に向けたでもないアナベルの問いに、オスカーがくすりと肩を揺らした。

「あの娘は魔性ですよ。恋は、魔物より恐ろしい」

　その言葉はどこか毒々しい響きを秘めていたが、ヘルディナとアナベルが疑問を口にする前に、彼は次の話題を切り出した。

「ところでヘルディナ。君の守りの堅い従者殿はどこだ。実は、今日こちらに伺ったのは、彼に話があってのことなんだ。借りて構わないか?」

王子である彼が、ヘルディナの従僕にいったい何の用があるというのか。訝《いぶか》しんだヘルディナだったが、ここで断りを入れてはアナベルの顔を潰すことになる。断ることはできない。

「ユリウス様のご命令で檻《おり》に入れておりますので、呼びに行かせます」

アナベルが同伴する人物をてっきり女性だと考えていたため、危険はないだろうとザシュは部屋に置いてきていた。ヘルディナが頼み、使用人がザシュを連れてくると、オスカーはザシュを誘って部屋から出て行った。

(くれぐれも粗相はないように、気を付けてよ……)

心配だ。部屋に残されたヘルディナに、アナベルはようやく柔らかな笑みを浮かべてほっと息をついた。

「今日こそあなたを驚かせたかと思ったけれど、オスカー様を見ても、顔色ひとつ変えなかったわね。さすがよ、ヘルディナ」

「心臓が止まるかと思いました。オスカー様がご一緒なら、事前にお知らせくださればよかったのに……」

「お忍びで、秘密裏にあなたたちに会いたいとお願いをされてしまったの。ごめんなさいね」

二人だけで話すとき、ヘルディナとアナベルは少し砕けた口調で会話を楽しむ。限られた心を許す相手のみに見せられる本当の自分に近い姿でいられるのは心地良い。

「元気そうで何よりだわ。心配していたのよ。ユリウス様の裏切りを受けて、どれだけ傷付いているかと」

「あまり悲しくはないのです。後悔はしていますけれど」

「あの、クリステルとかいう娘に対しての仕打ちを？」

「はい。どうしてあんなことをしたのか、自分が信じられません……。わたしが道を間違えてしまったのに、支えてくださってありがとうございます。兄からお話は伺っております。心から、感謝しています」

「当然のことよ。殿方の気まぐれな御心変わりに耐える道理はありません。あなたは、ユリウス様のために人生を懸けてきたのだから。ユリウス様も、あなたを切り捨てるというなら代償を払うべきです。彼はこれから、苦境に立たされますよ。あんな荒唐無稽な主張で無理を通していては、いつか人は離れていきます。残るのは、彼を利用する悪い人間だけよ」

アナベルは、テーブルに飾られた花を仇《かたき》のような鋭い目で見つめている。ヘルディナも、無言でじっと考え込んでいた。

状況はどんどん悪化している。ユリウスは、やはり領地謹慎では納得していないのだ。

（わたし、このまま破滅するのかしら……？　ザシュを守ってあげられる？）

ヘルディナが修道院に送られる日は近いかもしれない。それでザシュが主人離れして生きていけるなら構わないが、彼の主人への執着は相当なものだ。奴隷紋が彼を自殺という選択肢から守っているとはいえ、自ら破滅への道を進みかねない。

ゲームと全く同じように進んでいるわけではないが、少しずつクライマックスに近付いているのを感じる。

自分が断罪されるのは、仕方のないことだ。ユリウスの大切な人を、何度も殺そうとしたのだから。たとえクリステルが許しても、それで納得できないユリウスの心情は察せられる。内なる自分の悪を垣間見たヘルディナは、もう自分自身を庇《かば》ってやることができなかった。

しかし、ザシュだけは。彼の命や人生を守ることを、最優先に考えたい。

「それにしても、ユリウス様はどうしてああなってしまわれたのかしら……昔は、もっと思慮深い方だったのに」

「確かに……そうでしたね」

昔は、あんなふうに感情の制御を失って稲光を発生させるようなことはなかった。少し負けず嫌いなところや、頑なで融通が利かない面もあったが、人を陥れるような嘘《うそ》を吹聴して回るなど、彼らしくないといえばそうだ。

「……恋の力でしょうか？」

ヘルディナの一言に、彼女は吊《つ》り上がった目を丸くして驚いている。

「まぁ、あなたがそんなことを言うの？」

アナベルの反応に、ひどく恥ずかしいことを口走った気もしたが、他に思い当たる出来事はなかった。

「それ以外に、考えられないのです。恋は盲目といいますし、クリステルと出会ってから、ユリウス様は変わられましたから……」

クリステルと出会い、恋がユリウスを変えてしまった。

学園に入学し、出会ったその日に、彼らは恋に落ちて――

（あれ……？）

違う、とヘルディナの中の何かが告げていた。

だが、その違和感の正体は、いくら頭の中を探しても摑《つか》むことはできなかった。


ヘルディナの侍従の青年は、オスカーが名を尋ねると警戒した様子で「ザシュです」と答えた。警護や側近から離れて腹を割って話すべく、オスカーはザシュを庭に誘い出した。

蔦《つた》の伸びた母屋から想像した通りあまり手入れの行き届いていない庭は、芝も植え込みも野営中の兵士たちの髭《ひげ》のごとく奔放に伸びているが、朽ちかけた外壁と相まって、その様子も味だと思える。外壁のすぐ側まで足を進めたオスカーが立ち止まると、十分に距離を置いた背後でザシュの足音もぴたりと止まった。

「ブラウェ地区での働きは見事だったな」

振り返った先にあったのは、本題に入らず当たり障りのない話題を選んだオスカーを訝る目だった。お前はそんな話をしにここまで来たのかと問う赤い双眸《そうぼう》は、学園で何度か見かけたそれと同じ冷めた色をしている。

思えば、この男はいつもそうだった。

「お前は、何か知っているんだな」

断定的に尋ねたにも拘わらず、彼の目には疑問の影すら浮かばない。そのくせ彼は、「何のことでしょう」と話の意図が摑めないふりでオスカーの出方を待っている。

「クリステルのことだ。魔法学園の入学前夜、何があった？」

ブラウェ地区で目覚めてから、オスカーは必死に記憶を辿《たど》った。学園内で自分に起きた異変はどれも克明に覚えているというのに、そのきっかけとなる出来事がわからない。

オスカーは、魔法学園の入学初日から、初めて会ったはずのクリステルに執着していた。一目惚《ひとめぼ》れや、何かきっかけがあったわけではない。

彼女に出会ったときには既に、自分は彼女に夢中だったのだ。

頭の中で「クリステルが欲しい」と何度も囁《ささや》きかけてくる自分の声に、暗示を掛けられているようだった。シーラのことなど、一度たりとも思い出さなかった。それどころか、これまで遠ざかるようにしていた王位さえ狙おうと心に秘めていたほどだ。

ある日を境に、自分は変わった。その日が魔法学園の入学初日なのだとしたら、その前にきっかけがあったはずだ。そう考えて、オスカーはようやく入学前夜に開かれたパーティーの記憶が欠け落ちていることに気付いた。

「入学前夜、俺はクリステルに出会ったような気がするんだ。だが、思い出せない。どんなきっかけで出会い、どんな話をして、彼女に何を感じたのか。それなのに、入学直後から、クリステルのことしか考えられなくなってしまった。彼女が欲しいと強く思うようになり、そのためには汚い手段も平気で使う気だった。ユリウスを陥れることさえ考えていた。俺は、そんな人間じゃなかったはずなのに――」

一度言葉を切ったオスカーは、ザシュに歩み寄ると彼の腕を摑んだ。縋《すが》るような切羽詰まった感情を浮かべた国の王子を、彼は表情ひとつ変えずに、口を閉ざしたまま見下ろしていた。

「ブラウェ地区で目覚めるまで、ずっとそうだった。シーラが俺の名を呼び、起こしてくれるまで」

「シーラ？」

オスカーは遠くで控える少年風の騎士を一瞥《いちべつ》した。あれがそうだと視線で伝えると、ザシュの表情が初めて揺らいだ。

「名前……名前を呼ばれて、正気に戻ったって言いたいんですか。そんなことで……」

「そうだ。俺は彼女を愛していた。クリステルじゃない」

はっとしたように顔を上げたザシュだったが、彼は悔しげに唇を引き結んでいた。「そんなことで……」と繰り返す様子に、オスカーの推測は確信に変わった。

「お前は、何か知っているんだろう？　思えば、お前だけがいつも冷静に自分を保っていた。ヘルディナに従うふりをして、クリステルを殺さずに逃がした。お前の力なら、クリステルなど造作もなく殺せたはずだ。お前が全ての元凶だとは思ってない。頼む、知っていることを教えてくれ」

「……あんたらのせいですよ」

絞り出すように答えた彼は、ベストの内側から折りたたんだ古紙を取り出し、オスカーに突き付けた。

「あんたらがこんなくだらないものを持ち出したせいで、全部変わったんです」

彼の態度を不敬に思う余裕もなく、オスカーは胸に突き付けられた紙を開いた。ようやく掴んだ自分たちを変えた事件の手がかりだ――乱暴に扱えば、今にも破れてしまいそうな茶色い紙には、見覚えのない魔法陣が描かれていた。

「おい、これはいったい何――」

それくらい自分で調べろと言わんばかりに、ザシュは踵《きびす》を返してオスカーから遠ざかっていく。長い髪が揺れる彼の背には、一年間も自分自身を失ったオスカーの悔しさとは異質なやるせなさが滲《にじ》んで見えた。

アナベルと共に去ったオスカーは、ザシュと話した後、ひどく思い悩んだ様子だった。

（ザシュが失礼なことをしたのかしら……？）

湯上がりで濡《ぬ》れた髪を魔法で乾かしながら、ヘルディナはベッドの上で唸《うな》っている。オスカーは怒っている様子ではなかったし、粗相があったかと尋ねても「いや、よく躾《しつ》けられた侍従だ」と答えをはぐらかされてしまったが、何かあったことは疑いようもない。現に、ザシュもいつになく静かなのだ。

（というか、領地に戻ってから、ずっと静かなのよね……）

彼も何か悩んでいるのか。それが、オスカーに絡んだことなのだろうか。

ヘルディナは寝間着の上にガウンを羽織って続き間である彼の部屋に入った。

檻の中で、彼はベッドに横になっていたが、主人の登場に起き上がる。

「ごめんなさい、寝てたかしら？　あっ、そのままでいいわ、少し聞きたいだけなの」

ザシュは立ち上がり、檻の中の椅子を引こうとしたが、ヘルディナはそれを制して鉄格子の外に置いた椅子に腰を下ろした。不用意に彼の側に行くのは危険だと、さすがにもう身に染みている。

「今日、オスカー様と何をお話ししたのか気になったの」

「世間話ですよ。学園生活や、この間のブラウェ地区でのことについて、聞かれたことにお答えしました」

詳細なようで、全く中身のない返答に思えてならない。主人の命令には絶対服従の彼に回答拒否の選択肢はないものの、内容の子細を話す気はないということか。

「拗《こじ》れた話にはなっていないのよね……？」

敵を増やす事態にさえなっていなければ、ザシュとオスカーが何を話したのか詳らかにする必要はないが、もしもオスカーとの関係に亀裂を生じさせるようなことになっているならば、主人であるヘルディナが責任を取ってオスカーに詫《わ》びなければならない。

「なってないと思います。何かあったら、俺の命をもって詫びます」

「だから、それは駄目だと言っているでしょう」

ヘルディナが眉間に皺を刻むと、ザシュは薄い唇から歯を覗《のぞ》かせて笑って、鉄格子に接近した。格子の間から腕を出したザシュが、柔らかな眼差しでヘルディナを捉える。

「本当に……俺は、何をやってたんでしょうね」

「どういうことなの？　オスカー様に、何か失礼をしてしまったの？」

「オスカー様のことじゃありません。ヘルディナ様のことです」

ザシュと話しているとよくあることだが、話の展開についていけない。心中を望んだり、監禁を喜んだり、ヘルディナには彼の思いが理解し難いところがある。

「ザシュ、ちゃんと話してくれないとわからないわ」

「学園にいるとき……もっと早くにヘルディナ様を助けられたら良かったのにと、後悔しているだけです」

切ない色が赤い瞳に浮かび、表情には苦しみがあるようで、ヘルディナの胸はぎゅっと痛んだ。深い深い後悔が、彼の内から消えずに残っているのだと伝わってくる。

ヘルディナは立ち上がり、鉄格子越しの彼に歩み寄った。彼を警戒して距離を取っていたが、今は檻の中に入っているのだから押し倒される心配はない。

手を伸ばし、彼の髪に触れる。

「あなたが苦しむことはないのよ。わたしがいけなかったのだから」

さらさらとした艶やかな黒髪を、優しく掌で撫《な》でてやる。張りのある髪は、子供の頃の繊細な触り心地とは違い、ヘルディナに歳月を感じさせた。

「ヘルディナ様、また俺を子供扱いしてるんですか？」

「違うわ。働き者の忠実な従僕を労っているのよ」

撫でられて喉を鳴らす猫のように、彼は笑いながら目を細めた。大人しく頭を差し出しているつもりなのか、鉄柵に額を預ける彼をヘルディナは可愛いと思う。彼への愛おしさがどんどん湧きあがってくるようで、胸の内が温かくなる。

こうしてザシュと穏やかに過ごす時間が、ずっと続けばいい。ささやかな願いが胸に灯り、ヘルディナの表情は知らずに緩んでいた。

頭を優しく撫で続けるヘルディナの手に、ザシュの指が絡み、頭から遠ざけられた。

「ヘルディナ様、もっと別のご褒美をください」

「ご褒美って、何を――」

言い終わらぬうちに、彼のもう一方の腕が伸びてきて、ヘルディナの腰を引き寄せた。

鉄格子を挟んで密着した彼の熱を感じ取るより先に、唇に柔らかな何かが重ねられる。

何が起きたのかわからなかった。絡まった指が離れ、かわりに髪を掴むように彼の手が首の後ろに差し入れられたとき、ようやく唇を奪われているのだと悟った。見開かれたヘルディナの薄氷色の瞳と、彼の鮮血の赤い瞳が間近で交わり、濡れた舌が唇の割れ目を辿った。

「っ……！」

喉の奥で声をあげながら、ヘルディナは彼の視線から逃げるように目を瞑《つぶ》る。腕で鉄格子の向こうにある彼の体を押し返すが、彼の腕力に敵うはずもなく、重なった唇は離れない。

「んんっ……！」

薄い唇がヘルディナのふっくらとしたそれを食み、濡らしていく。喉の奥で抵抗の声をあげるヘルディナの髪を、彼の手が掴むようにして固定しているせいで、全く身動きが取れない。

「ヘルディナ様は俺を檻に閉じ込めるくらい愛してくれてるのに、これは許してくれないんですか」

唇を触れ合わせたまま彼が口を開くと、吐息が肌を擽《くすぐ》り、濡れた唇が擦れる。その感触はどちらもヘルディナの背筋を震わせ、頭を真っ白にしていく。

「はっ……離してっ……！」

再び重なった唇を彼の舌が割り、口腔《こうこう》内に入り込んだ。異物がヘルディナの舌を搦《から》めとり、撫でるように擦りあわせてくる。舌で舌を押し返そうと動かせば、口内で水音が響

き、それはまたヘルディナの背筋を駆け抜けて脳髄まで震わせた。強張った体をびくびくとさせる主人の口蓋を、彼の舌が擽る。

同時に腰を引き寄せていた手が離れ、ヘルディナのガウンの帯を解いた。

夜の空気を遮断していたガウンの襟元が緩み、腰の引けたヘルディナの体が強引に鉄格子に引き寄せられた。引き寄せたのは彼の腕ではなく、ガウンの帯だ。

「もがくと余計に結び目がきつくなりますよ」

唇が離れた隙に俯《うつむ》くと、彼は器用にガウンの帯を鉄格子に括り付け、ヘルディナの体を固定していた。

「何をっ――」

括りつけられた帯に手を伸ばすが、彼はヘルディナの顎を捉えると唇を貪り、寝間着越しの体に触れる。胸を揉《も》みしだく手に肌が粟立《あわだ》ち、舌と舌が擦れると膝から力が抜けそうで、ヘルディナは大きく呼吸を乱した。

強引に奪われているはずなのに、気持ちいい。

ずっとこうしたかったと秘めた想いが叫ぶように、体が彼を受け入れようとしている。

息を吸い込むと、かすかな鉄の臭いと優しい石鹸《せっけん》の匂いの中に、懐かしい彼の匂いがして、血が上った頭が更にぼうっとしていく。

「理性で抵抗しても、ヘルディナ様は本気で拒絶できないですよね。俺を、愛してるから」

言いながら、ザシュはヘルディナの寝間着の胸元を大きく開く。白く滑らかな肌が露わになり、橙色《だいだいいろ》のランプに照らされた肌を夜の空気が撫ぜる。豊満な丸い乳房も、淡く色付いた慎ましい先端も、全てが彼の目の前に晒《さら》されていた。

ヘルディナは一拍遅れて声にならない悲鳴をあげたが、彼はお構いなしに片手を背に回して主人の体を引き寄せた。鉄格子の間から豊かな胸が片方飛び出し、反対側の乳房は冷たい格子に押しつぶされている。ザシュが身を屈め、淡い胸の先を口内に含んだ。

「やっ……！　んっ、んんっ……」

鉄格子を摑んで彼から離れようと踏ん張るが、体を鉄格子に縛り付ける帯からも、彼の腕からも逃れることはできない。温かな口内で舌が胸の先端に巻き付き、擦るように転がしていく。唇を引き結んでも声が漏れてしまい、ヘルディナは羞恥と混乱で赤くなった頰を更に赤く染めた。

「やっ、やめっ……あっ――！」

拒絶の言葉を塞ぐようにきつく乳房を吸い、ザシュは背を引き寄せるのとは反対の手でヘルディナの下肢に触れた。内腿《うちもも》を這《は》い上がる手を押し止めようとするが、ピンと張った帯や鉄格子が邪魔をする。秘処に到達した彼の指が貞淑に閉じた割れ目を殊更慎重に開くと、その内側は既に淫猥《いんわい》な蜜で溢《あふ》れていた。

彼はわざと音を立てるように指を遊ばせ、ツンと張りつめた胸の頂に歯を立てて、感じているくせにと言わんばかりにヘルディナの体を弄ぶ。

「ここ、指を入れたら、さすがに怒りますか？　……後で、いくらでも罰は受けますから」

花弁を擽っていた指が、蜜口の浅いところを解すようにしながらゆっくりと中に沈められる。じわりと腰の内側まで痺《しび》れて、ヘルディナは天を仰いで喉を鳴らした。

「あ、ぁ……！」

「ヘルディナ様、そんないやらしい声出したら、メイドたちにも聞こえます。俺以外の誰にも聞かせたくない……、我慢してください」

胸の尖《とが》りを食みながら欲情の滲む声でそう言い、彼は蜜を塗り込むように肉襞《にくひだ》を擦り始める。自分の内側を擦られると、胸の先まで痺れが走り抜ける。抗い難い快感に、ヘルディナはきつく唇を嚙《か》みしめて声を堪えた。蜜を絡める淫猥な濡れ音と彼の吐息に、自分の乱れた息が溶け合い、聴覚からも侵されていくようだ。

「ん、んっ……うぅんっ……！」

蜜路の内側を押して刺激しながら、親指がぷっくりと熟れた花芽に触れる。

「は……俺の指、食われてるみたいですね」

蜜を絡めた指が膨らんだ粒をぬるりと擦る度に、蜜口も肉襞も歓喜したようにザシュの指に絡みつく。立っていられないほど膝が震え、ヘルディナは鉄格子に縋りつくように身を預けた。冷たい鉄柵も、火照った体の熱にすぐに温められていく。

「や……、い、やぁ……あ、ぁっ……」

「どうしてですか。俺はヘルディナ様を愛していて、ヘルディナ様も俺が好きなのに」

「あっ、あっ……だって、あっ……だめ、だめなのにっ……」

いくつもあるはずの行為をやめさせる理由が、一つも言葉にならない。胸を弄りながら繰り返し中を掻《か》きまわされ、同時に肉芽を擦られると、腰の内に熱が溜まり、脳が溶けるように思考がまとまらなくなる。

「ん、ぅぅ、あっ……」

拒絶や背徳感に勝る快感がヘルディナを呑《の》み込む。体が熱い、立っていられない。今にも崩れそうなヘルディナの腰を、ザシュの大きな手が強く抱き寄せて支えている。

「ヘルディナ様……」

陶然と名を呼ばれると、胸の奥が甘く疼《うず》く。彼が自分に向ける愛情が、自分が彼に抱くそれと同じなのだと実感して満たされていくように。

彼は鉄格子に押しつぶされた胸にも唇を落とし、鉄柵に隠れていた先端を鼻先で引っ張り出して舌で弄る。異物に馴染《なじ》み始めた蜜道を徐々に激しく掻き乱されると、一気に体が熱くなり、ヘルディナの瞼《まぶた》の奥が明滅した。

「あっ、あっ……あぁっ……！」

溢れ出した愛液が腿まで濡らし、体の内で何かが膨らんでいるのを感じて、ヘルディナはいやいやと首を横に振った。体が強張るように、全身に力が入っていく。

「やっ、だ、めっ……あっあっ、あ……！」

「逃げないでください」

腰の引けたヘルディナの体を引き戻し、ザシュがきつく胸に吸い付く。その瞬間、雷に打たれたように快感が背筋を駆け抜け、瞼の裏が真っ白に染まった。

震えながら達したヘルディナの意識は、そこでぷつりと途切れてしまった。

＊　＊　＊

朝の気配に目を覚ましたヘルディナは、カーテンの隙間から漏れ入る清々しい朝日が照らす見慣れた天蓋をぼんやりと見つめた。まだ覚め切らない頭で、昨夜自分がどうやってベッドに入ったのかと思い出そうとして、ヘルディナは跳ねるように飛び起きる。

見下ろした自分の体は、寝間着にしっかりと包まれている。広いベッドには自分が座っているだけで、シーツの乱れは人一人が何度か寝返りを打った程度のものだ。体にも、ベッドにも、昨夜の淫らな戯れの先が行われた痕跡はない。

しかし、不意に蘇《よみがえ》った記憶は生々しく、触れ合った唇の柔らかさや、肌を伝った舌の濡れた感触まで鮮明に思い出されて、ヘルディナの体を熱くさせた。

「くうっ……！」

ヘルディナは両手で顔を覆い、再びベッドに倒れ込んだ。

（なんてことしてくれたのよぉぉぉっ……！）

上掛けを蹴飛ばすように足をばたつかせ、昨夜の出来事の全てを記憶から抹消しようと努める。あんな行為は二度と許してはならないと、ブラウェ地区で固く誓ったというのに、どうしてまた彼の手に堕ちてしまったのだろう。ザシュはヘルディナの命令には逆らえないのだから、やめろと命じれば済む話だったのに。

息が上がるほどベッドの上で暴れたヘルディナは、胸を上下させながら、まだ彼の感触が残る唇に指先でそっと触れた。

彼を拒めない理由など、考えるまでもない。

好きだからだ。家族としてではなく、異性として、彼を愛しているからだ。

前世で好きだった不憫《ふびん》で危険で情緒不安定な百七十五センチ五十七キロの薄幸の美青年ではなく、自分をベッドまで運ぶ力強さを持ちながら、少年のような甘え方をして、そのくせ時折、主を主とも思わぬ不遜な態度も取る心中願望を抱えたザシュが、好きだからだ。

自分の恋心をようやく自覚したヘルディナは、寝起きの肌を真っ赤に染めた。

（いつから、そうだったの……？　というか、どうしたらいいの……？）

答えを求めてぱちぱちと瞬きを繰り返していると、ぎい、と嫌な音が部屋に響き、続き間から身支度を整えたザシュが部屋に入って来たのが視界の隅に映った。

慌てて上掛けの中に潜り込んだヘルディナに、彼の足音が近付いてくる。

ぎし、とベッドが揺れ、丸めた背中のすぐ後ろに彼が座っているのがわかる。

「ヘルディナ様？　起きてますよね」

（起きてるけど……）

顔を見る勇気はない。どんな顔で、どんな話をすればいいのかもわからない。うるさいくらいに胸が高鳴り、顔から湯気が出そうだ。

「ヘルディナ様、昨日のこと、叱られに来ました。後悔はしてないので、謝罪はしません。でも、罰は受けます。俺を殴るなり蹴るなりして罰してください」

（え……どういうこと？）

もしかして、殴ったり蹴ったりされるのが彼の悦びなのだろうか。監禁されて喜んでいた原因はそれかとヘルディナの思考が飛躍しかけたとき、強引に、被っていた上掛けが引き剝がされた。肩まで暴かれたヘルディナが「あっ」と声を上げながら上を向くと、顔を覗き込もうとした彼と目が合った。

鮮やかな赤の双眸に、さらりと流れる黒髪に、肉の薄い頰、昨夜ヘルディナを貪った唇。どれも、昨日までの彼と同じはずなのに、今朝はその全てがヘルディナの胸を騒がせる。

これ以上赤くなりようもないほど顔を赤くしたヘルディナに、ザシュの瞳が戸惑ったように揺れる。

「ヘルディナ様？」

「……な、なによ……」

ヘルディナは、唇を尖らせながら、情けないほど弱々しい声を発していた。

「…………何でもないです」

そっと目を逸らしたザシュが、再びヘルディナの頭まで上掛けを掛ける。

見間違いかもしれないが、視界を布が覆い隠すその直前、そろりとあらぬ方を向いたザシュの頬が、ほんの少し、赤く染まっていた気がした。

＊　＊　＊

あれ以来、何となく、彼女の目を見て話せない。

母親を亡くしたばかりのヘルディナは、気丈に振る舞い元の生活に戻ろうとしていたが、ザシュとの関係は少しずつ変わり始めていた。

ドリオの従者としての雑務をこなしているとき、ふと視線を感じて顔を上げると、彼女と目が合うことが増えた。交差した視線を先に逸らすのは必ず彼女の方で、そのとき、彼女の柔らかな曲線を描く頬が、ほんの少しだけ赤く染まる。その変化に、ザシュの顔にも熱が集まり、困惑したように鼓動が跳ねるのだ。

そのほの甘いやり取りが何なのか、追究してはいけない気がして、ザシュは目の前の務めに集中していた。

ヘルディナが二十歳になったとき、ささやかな誕生会が開かれた。

しかしながら、ヘルディナは王子の婚約者であり、《聖女の首飾り》という大層な宝を所有する実力者である。ささやかとは名ばかりの、錚々《そうそう》たる顔ぶれがメイエル家自慢の庭で開かれた茶会に集まった。彼女の婚約者であるユリウスも顔を出した。

ザシュは、このとき初めて国の王子の姿を目にした。

透けるような金色の髪は柔らかで、繊細な面立ちと宝石のような緑の瞳は、芸術品のように思えた。並び立つ彼らの間に、赤い糸が見える気がした。

ユリウスは、彼女に派手な赤の帽子を贈っていた。ヘルディナは嬉《うれ》しそうに白い歯を零して、帽子をその場で被って見せたが、彼は鷹揚《おうよう》に頷いて愛想のような笑みを浮かべただけで言葉もかけなかった。

冷たい男だというのがそのときの印象だった。

夕方まで続いた茶会がお開きになると、ヘルディナは全ての客人を丁重に見送り、山のように届けられた贈り物を部屋に運ばせた。

夕食を終えた後、ザシュはドリオに頼まれて、ザシュでさえ反応に困るほど美的感覚に欠けた、狭い鍔《つば》の一部に細かな星形の飾りがたくさんついた黄色い帽子をヘルディナに届けた。箱を開けた途端に、ヘルディナが堪えきれずに吹き出して、つられてザシュも笑った。

「お兄様は、昔からセンスがちょっと……」

「俺も、言ったんですけど……」

ドリオは「え？　可愛いだろう？」と本気で理解できないようだった。ひとしきり笑うと、ヘルディナは目に浮かんだ涙を拭いながら「お兄様には、喜んでいたと伝えてね」とザシュに頼んだ。

「せっかくだから、被ってみようかしら」

ヘルディナの何事にも前向きな姿勢は相変わらずで、彼女はドリオの贈り物の帽子を箱から取り出し、鏡の前で自分の頭に乗せた。

「どう思う？」

鏡越しに尋ねる彼女を眺めていると、単体では悲劇的に子供っぽくごてついていた黄色の帽子も、彼女の鮮やかな金髪に馴染むようで、意外と悪くない気がしてくる。細かな星は、光を反射してきらきらと瞬き、ヘルディナの瞳を思わせた。

だが、あと何か一つ足りないような。

ザシュは首を傾げつつ、背後からヘルディナの頭上の帽子を少し傾けて角度をつけた。そのとき、彼女の前髪に、ほんのわずかに指先が触れる。柔らかな彼女の髪の感触にざわりと体の内側が騒ぎ、ザシュは静かに彼女から離れ、早口に「お似合いです」と伝えた。

「そ、そう……？」

ヘルディナの声は懐疑的だ。だが、本当に似合っているとザシュは思う。それを伝えたいが、鏡越しにすら彼女と目を合わせられず、背中のリボンをじっと見つめながらザシュは言葉を探した。詩的な賛美など自分の中には存在しない。ふと浮かんだのは、ドリオの「え？　可愛いだろう？」という声だった。

「可愛いと、思います」

じっと見つめていたリボンがびくっと揺れて、弱々しい感謝の声が返ってくる。

退室の挨拶をして部屋を出る直前、顔を上げた先に、真っ赤になったヘルディナと目が合い、ザシュは苦しい息を吐きながらドアを閉めた。

それからふた月も経った頃、南方の地に魔物が現れ、ヘルディナはその地へ赴くことになった。馬より二回りは大きい四足歩行の魔物に騎士団も手を焼いているらしく、死者も出たそうだ。見かねて討伐に乗り出したユリウスが、現地にヘルディナを呼びつけたのだった。

ザシュは、ヘルディナの護衛としてその地に同行した。心配性のドリオは、可愛いヘルディナを一人危険な場所に行かせることに承服しかねるようだった。

高台から臨む開けた農作地に、その魔物はいた。灰色の毛に覆われた姿は、何物にも形容しがたい容貌をしていた。それに、ネズミ程度の魔物は見たことはあるが、こうも大きな魔物を見るのは初めてだった。

それはヘルディナも同じで、ユリウスの隣に立つ彼女が息を呑む音が聞こえた。

「あの魔物は敏捷《びんしょう》だ。魔力を一気に降らせるために、力を貸してくれ」

「承知しました」

ヘルディナはこくりと頷き、ユリウスの肩に手を置いた。『補助』の特性を持つ者だけができる、相手の力を増幅させること。それが目の前で行われているのだと固唾を呑んで見守っていたザシュは、ユリウスが天に拳を突き上げた瞬間、大地に降り注いだ稲光に目を眩ませた。轟音《ごうおん》が空気を揺らし、地面からも衝撃が伝わってくる。焦げた臭いが風に乗ってここまで届き、もくもくと立つ煙が晴れたときには、魔物はその巨体を引きずるようにして森を目指して歩き出していた。

――今の攻撃でも死なないのか。ザシュは素直にそう思った。だが、確実に魔物を弱らせた。好機を見て取った騎士たちが魔物を追い、遠目にもわかる鮮やかな赤毛の青年が、魔物の首を落とした。

それを見守っていたユリウスは、派手に舌打ちをしてヘルディナを振り返った。

「貴様っ――調整したな⁉」

ヘルディナの肩がびくりと跳ね、次の瞬間、ユリウスの大きな手がヘルディナの頬を力いっぱい打った。

乾いた音と共にヘルディナの体がぐらつき、ザシュは血の気が引く思いで彼女の体を抱き支える。鼓動がかつてないほどに早鐘を打ち、怒りと恐怖で手が震えた。なんだ、この男は。荒れ狂う軽蔑の感情を堪えながらヘルディナに呼び掛けると、彼女は頬を押さえながら、ユリウスを真っ直ぐに見上げた。

「あれで、限界でした。あれ以上は、ユリウス様のお体が壊れてしまいます」

「私の限界をお前が決めるな！　私はお前の操り人形ではない！　特別に恵まれた才を持ったからと思い上がるな、ヘルディナ」

吐き捨てるように言って、ユリウスは側近たちを引き連れてその場を後にした。

宛がわれた部屋にヘルディナを連れて行き、ザシュは水で濡らした布で彼女の頰を冷やした。真っ赤に腫れた頰は熱を持ち、唇の端にはわずかながら血が滲んでいる。

彼女は張り詰めた表情で黙り込んだままで、その瞳に浮かぶ涙を零すまいと必死に戦っているように見えた。

「あの方は、いつもああなんですか」

たかだか使用人風情の自分が口を挟んでいいことではないのは百も承知で、ザシュは彼女の唇に浮かんだ血を布で拭いながら尋ねた。

「……繊細な方なの」

繊細とは違う気がした。ぽつりと返ってくる言葉は冷え切っていて、ザシュの胸は締め付けられた。

「旦那様やドリオ様は、あの方がヘルディナ様にこんな仕打ちをなさることをご存じですか？　帰ったら、俺が――」

「やめて。言わなくていいの。わたしが、いけなかったのよ」

ヘルディナのどこに打たれるほどの落ち度があったのか、ザシュには全く理解できなかった。

だが、ヘルディナはぽつりぽつりと、今回の魔物の討伐は、ユリウスとその弟の対決の意味合いがあったと語った。どちらがより優れているか、どちらがより強い王として国を守っていけるか、白黒つける意図があったのだというのだ。

「わかっていて……わたしは、ユリウス様に送る力を調整したの」

「でも、それはあの方の体を思ってのことじゃありませんか」

ザシュは、ヘルディナの力で二日間寝込んだドリオを見たことがある。地獄のような苦しみだったと彼は語っていた。寝込むくらいならまだいいが、許容量を超えた魔力を注がれると、力を制御しきれずに肉体が壊れることさえあるのだ。ヘルディナはそうなることがわかっているから、ユリウスの体を気遣い、力を調整した。

「壊れてもいいと思っていらっしゃるのよ、ユリウス様は。だから、わたしがいけなかったの」

絶対にそんなことはない。あの男が異常なだけだ。そんなにもこの勝負が大事だったというなら、あの魔物と一騎打ちでも心中でもすればよかったのだ。ヘルディナの力なしには魔物を討ち取ることもできないくせに、その彼女を打つなんて――

「ザシュ、わたしが打たれたことは、絶対に、お父様にもお兄様にも話さないで。ユリウス様は悪くないの。だから、約束して」

「……どうして、ヘルディナ様がそこまでなさるんですか。こんなひどい目に遭わされて」

きつく眉根を寄せながらヘルディナの瞳を覗き込むと、彼女の表情がくしゃりと歪《ゆが》む。金色の睫が伏せられた拍子に、ぽろぽろと透明な涙が零れ落ちた。

「生涯お支えすると、誓った方だからよ……」

震えるその声は、婚約は本意ではないと叫ぶようにも、彼を愛しているがゆえに苦しんでいるようにも聞こえて、ザシュを痛いほどに悩ませた。

＊　　＊　　＊

紅茶がクロスに染みを作る。

ユリウスがテーブルに拳を叩《たた》きつけ、ティーセットがカシャンと跳ねて、紅茶がクロスに染みを作る。

「どうして使えないんだ！」

クリステルはびくりとしながらも、いつもと同じように「ごめんなさい」と謝罪の言葉を口にした。

だが、今日の彼はいつになく機嫌が悪い。翠玉色《すいぎょくいろ》の瞳が濁ったように暗く染まり、クリステルを呪い殺しそうに、じっとりと捉えていた。

「《聖女の首飾り》が使えなければ、俺たちの結婚は認められない。わかるだろう？」

「え、ええ、わかってる……」

「君は、私から離れたがっているのか？　だから、《聖女の首飾り》に認められようとしないのか？」

「そ、そんなことない……！　わたしも、ユリウスと一緒にいたいと思ってる……」

「だったらどうして努力しないんだ！」

鼓膜が痺れるほどの怒声にクリステルが肩を震わせると、彼はようやくはっとしたように全ての動きを止めて、苦悶《くもん》の表情で胸を押さえた。その表情は、もう見慣れた顔になりつつある。クリステルが怯《おび》えながら彼の背に手を添えると、ユリウスは額に滲んだ脂汗を袖口で乱暴に拭った。その瞳にはもう、先程までの暗い影は見えない。

「悪かった、クリステル。俺は、どうしてしまったんだろう……君に怒鳴るつもりなんてないんだ。君を責めるつもりも……クリステルは、よくやっているよ。それなのに……すまない、俺は……このところ、疲れているのかもしれない」

ユリウスは、クリステルの前では自分のことを「俺」と呼ぶ。しかし、それもこのところ、どんどん曖昧になってしまっている。

彼の目の下の隈《くま》は日増しにひどくなっている。優しかった彼が少しずつ自分のせいで変わっていく気がして、クリステルの胸は痛んだ。

「わたしが、《聖女の首飾り》に認められないから、ユリウスを余計に苦しめてしまって。ごめんなさい……」

「違う、違うよ、クリステル。《聖女の首飾り》は、宝珠の中でも特別に気位が高い。だから、すぐに認められるなんて思ってない。ゆっくりで構わないし、もし認めてくれなかったら、別の何かを探そう」

国王は、ユリウスがそんなにも強く望むならば、クリステルを妻に迎え入れてもいいとの意向を示してくれているが、他の諸侯は認めてはくれない。《聖女の首飾り》なしに、いかにして有事の際に国を守るのかとユリウスは追い詰められている。平民の上、宝珠も使えないクリステルよりも、由緒ある貴族の生まれで必要な教育を受け、宝珠も扱えるヘルディナを迎えるべきだとの声は大きい。

彼に、皆に認められて王座についてほしい。足枷《あしかせ》にはなりたくない。

しかし、彼と離れる悲しみなど、とても自分には乗り越えられない。

「だけど……他の何かなんて、見つかるの……？」

心の中に浮かんだ疑問が言葉になり、またユリウスの瞳に暗い影が差した。彼の大きな手がクリステルの顋を捉える。

「見つからなければ、私たちはどうなる？　別れるのか？」

「違うっ、ユリウス、そんなつもりじゃ……！」

「お前は、誰にも渡さないぞ」

投げ捨てるようにクリステルの顋を放した彼は、怒りを滲ませながら部屋から出て行った。残されたクリステルは、その場に崩れるように横たわり、赤子のように丸まって目を閉じた。

このまま彼と一緒にいていいのだろうかと、胸に込み上げる不安を抱えながら。

＊　　　＊　　　＊

「あぁ、花祭りの時期なのね」

届いた手紙を読んでいたヘルディィナがふと零すと、檻の中のザシュが「花祭りとは何ですか？」と首を傾げた。

「ネドラント西方にハーテルダムという伯爵領があるのだけれど、毎年この時期に、ハーテルダムでは春の訪れを祝うお祭りが催されるの」

のどかな田舎町のハーテルダムは、一番賑《にぎ》わう街の側に手つかずの草原が広がっており、そこは春になると色とりどりの花が咲き乱れるのだ。いつしかその光景自体が有名になり、貴族令嬢の間では、ちょっとしたデートスポットになっているのである。

「わたしの元友人が、先日結婚したのだけれどね。今流行の新婚旅行の行き先を、ハーテルダムの花祭りに決めたんですって」

ヘルディィナに宛てられた手紙には、『いつまでもあなたは大事な友人だけれど、夫や実家を守るためには、あなたの噂《うわさ》がひと段落するまでは連絡できないかもしれない』と書かれていた。王都では、いまだにヘルディィナの醜聞が流れているようだ。ヘルディィナの旗色が悪いとみて友人が元友人になるのも致し方ない。それも社交界の処世術だ。彼女を責めることはできない。

二度と連絡を取ることができなかったとしても、いつまでも大事な友達だと言ってくれた彼女の幸せを心から願いながら、ヘルディィナは手紙を折りたたんだ。

（そういえば、ハーテルダムはユリウスルートに登場するのよね）

彼らの場合は遊びではなく視察だったが、職務を終えた夜、二人は宿泊する邸宅を抜け出して花畑で夜のピクニックを楽しむのだ。甘い花の芳香に包まれながら満天の星を見上げ、肩を寄せ合って愛を囁き合うシーンは美しかった。

問題は、その後の選択肢だ。

夜のピクニックで、ユリウスはクリステルに「自分を受け入れてほしい」とワインを差し出す。ヒロインに提示される選択肢は二つ。飲むか、飲まないかだ。

（クリステルはどちらを選ぶのかしら……）

ユリウスルートはハッピーエンドとバッドエンドどちらにしろ飼い殺しになるのだが、バッドエンドは執着が重く、鎖で繋《つな》がれ檻に入れられてしまう。それも、ザシュの入っているような快適な独房型の檻ではなく、大型犬を入れるような、人間が立ち上がることもできない大きさの檻だ。クリステルは泣いて「出して」と懇願するが、相手は彼女と自分だけの世界を構築したい危険人物である。愛する女が泣いて縋る姿に『泣いた顔も可愛いよ』と、欲情する始末だ。

（冷静に考えると、とんでもない人だわ……現実では絶対に関わりたくないタイプよ……）

ハーテルダムの選択肢はエンドへの影響が大きく、ここで間違った方を選ぶと取り返しがつかない。

無論、それはゲームの中の話であって現実世界の話ではない。自分の知る筋書きからは、いろいろなことが変わってきている。

だが、オスカーは、彼のルートの最後の敵である魔物との対決から逃れられなかった。ヘルディナも、サンデル修道院行を回避できても、ブラウェ地区に関わることは避けられなかった。乙女ゲームの筋書きがこの世界でいう運命なのだとしたら、結局運命からは逃れられないとも思える。

自分たちと同じように、クリステルも運命から逃れられなかったとしたら——

「ヘルディナ様、通信鏡に連絡が入ってます」

思考を遮ったのはザシュの声だった。

彼が手にした手鏡が小刻みに振動している。誰かからの通信が入っている証だった。

「誰かしら？　応じてみてくれる？」

ヘルディナが頼むと、ザシュは鏡を自分に向けて取ってから魔力を込める。一瞬鏡面が光を放ち、反響するようなクリステルの声がヘルディナを呼んだ。

『ヘルディナ様？　……あれ？　ザシュ？』

戸惑うクリステルには何の返事もせずに、ザシュは鏡をくるりと反転させてヘルディナに向けた。檻に駆け寄り、手鏡をザシュから受け取る。

「ごきげんよう、クリステル。どうしたのかしら？」

『お久しぶりです、ヘルディナ様。あの……ご相談があって……今、よろしいですか？』

「ええ、いいわよ」

宝珠関係のことだろうと軽く応じたヘルディナだったが、荒い映像の向こうで、クリステルはぽつりぽつりとユリウスの現状を語り始めた。

ユリウスは束縛がひどく、クリステルはメイドと話すことも、王宮の彼の部屋から勝手に出ることも禁じられている。彼は精神的に追い詰められているようで、日増しに不安定な状態になっていき、このところは毎日《聖女の首飾り》がクリステルを認めないことに腹を立てて、あちこちで怒鳴り散らしているという。自分のせいで彼を追い詰めているのだから、いっそのこと離れるべきなのか、出会った頃はそんな人ではなかったのにどうしていいかわからないというのだ。

『ヘルディィナ様に相談するなんて、自分でもひどい話だと思うんですけど、他に頼れる人もいないし……。わたしがユリウスを苦しめてるなんて……どうしたらいいのか、わからなくなってきてしまって……』

クリステルは悲しげに目を伏せた。

「いいのよ。よく連絡してくれたわ。ユリウス様は、あなたには危害を加えていないのよね？」

『ユリウスは、殴ったり、乱暴なことはしません。怒っても、その後いつも自分を責めて苦しんでるんです……』

ヘルディィナは口をへの字に曲げて悩んだ。

ユリウスが情緒不安定になっていくのは、ゲームシナリオの通りといえる。

（でも、そんな心を病んだ人と一緒にいて、本当に幸せなの？）

二次元なら萌《も》え要素のひとつで済むことも、現実世界では大事件だ。

ゲームでは、クリステルはユリウスの変化に戸惑いながらも、彼からの愛を実感し自ら彼の変化に順応していくのだが、目の前のクリステルは明らかに迷っている。簡単に離れられないほどに彼を想っているからこそ、苦しんでいる。

『《聖女の首飾り》に認められれば、ユリウスも落ち着いてくれるとは思うんですけど、今すぐにはどうすることもできないし……このまま、本当にユリウスと一緒にいていいのか、不安になってきて……わたしは、どうしたらいいと思いますか？　ヘルディィナ様なら、どうしますか？』

鏡越しのクリステルが、身を乗り出してヘルディィナを見上げる。

「わたしなら……」

そんな男とは別れると言いかけて、言葉が痞《つか》えた。

もしも、ザシュがユリウスと同じようになってしまったら、自分は彼を見捨てて逃げることができるだろうか。好きだった彼が変わったとしても、見限ることができるだろうか。

（きっと無理だわ……）

先程から、クリステルの話にはユリウスへの憎しみや恐れがまるでない。それこそが答えだとヘルディィナは思う。

「あなたは、ユリウス様が好きなのよね？」

「……はい」

彼女の返答の一瞬の間は、迷いではなくわずかな恥じらいだった。目を伏せる彼女の表情には、今も変わらぬユリウスへの温かな感情が滲み出している。

「それなら、わたしから言えることはないわ。あなたの身の安全や、あなたの幸せを最優先に考えるなら、今のユリウス様とは別れた方がいいと思っている……というのがわたしの本音ではあるけれど。だけど、あなたの人生のことよ。自分の心に従って」

そうでなければ、きっと後悔する。たとえ間違った選択肢を選んだ結果、辛い思いをしたとしても、周りに背を押されて何となく選んだ道より、自分の心に従って選んだ道の方が後悔は少ないはずだから。

手鏡の中に映るクリステルの瞳に、強い光が点る。

大きく頷いた彼女の表情には、何かを掴んだようなはっきりとした意思が見えた。


――とはいえ、眠れない。

ヘルディナは何度も寝返りを打ち、枕を裏返してみたり、髪を縛ってみたりと試したが、どうしてもクリステルの今後が気になって寝付けなかった。

（あれで良かったのかしら……？）

自分の助言が、果たして彼女の力になったのかどうか。

彼女に、逃げろと言うべきだったのではないか。せめて、バッドエンドを回避する方法を教えておくべきだったのか。

だが、恋する乙女に忠告しても、火に油を注ぐ可能性もある。考えれば考えるほど、思考の罠《わな》にはまっていくようだ。

(ゲームの筋書きからは変わってきているもの。クリステルだって、檻に入れられると決まったわけではないわ)

そうわかっていても、気になって仕方がない。

ヘルディナがむくりと起き上がると、続き間で物音がした。

しばらくすると、予想通りにザシュがドアの隙間から顔を覗かせる。

「やっぱり起きてたんですね」

「あなたも眠れないの？　あっ、ダメ。そこまでよ」

ザシュが部屋の中央まで進んだところで、ヘルディナは右手を挙げた。

彼をベッドに近付けるのは危険だ。

ザシュは主人の意図を解してニヤッと笑い、指示された通りに椅子に座った。

「クリステルのことですか？」

「うん……そうなの。あのね、ザシュ。意見を聞かせて欲しいんだけど、あなたは、檻に入れられて、嫌だとか怖いと思うことはないの？」

彼は一瞬考える顔になったが、すぐに首を捻った。

「嫌だとも、怖いとも思ったことはありません。監禁は、ヘルディナ様の愛情表現なので」

(………聞く相手を間違えたかもしれないわ)

ザシュの偏った思想は置いておくとして、そもそも、ザシュとクリステルでは状況も違う。

クリステルとユリウスには覆し難い格差がある。力でも、立場でも、クリステルがユリウスに勝てることなど一つもないのだ。

ザシュは勝手に檻を出られるし、ヘルディナを傷付けようと思えば魔法で攻撃することも、力で組み伏せることもできる。

同じ檻に閉じ込められていても、これだけ状況が違えば比べることなどできないだろう。クリステルが抱くであろう恐怖や苦痛を思うと、やはり選択肢の状況を見届けるだけでもしたい。

「わたし、花祭りに合わせて来週からハーテルダムに行ってくるわ」

「俺も行きます」

「駄目よ、あなたはここで謹慎していて。少し気になることがあるだけだから」

「クリステルのことですよね？　ということは、あの方も一緒のはずなのに、ヘルディナ様を一人にはできません。何があっても、俺はヘルディナ様の側を離れません」

彼の瞳に胸を射抜かれ、鼓動がとくりと高鳴った。絶対に主人を一人にはしないと自分自身に誓うようなザシュから、離れ難いと感じているのはヘルディナの方かもしれない。

彼への気持ちは、隠せないほどに育っている。

転落したかに思えたヘルディナの人生は、少しずつ、幸せに彩られ始めている。

クリステルにも、同じように愛する人との幸せな人生を歩んでほしい。

それを見届けるのも、自分の役割であるような気がしてならなかった。

「わかったわ。一緒に、ハーテルダムに行きましょう」

彼を連れて行ってはいけない気もしたが、ここに置いておいて何かあっても怖い。結局、ヘルディナはザシュとともにハーテルダムに向かうことに決めた。

＊　　＊　　＊

ハーテルダムは、ネドラント西方に位置するのどかな街だ。

街の中心部から臨む、色とりどりの花が咲き乱れる草原と、点々と建つ風車がゆっくりと回る光景は、眺めているだけで心が癒やされる。

今日の花祭りの初日から、クリステルとユリウスは視察でこの地を訪れている――とは、オースルベーク公爵夫人アナベルから入手した情報だ。彼らを追ってやってきたヘルディナたちは、見知った顔に遭遇してもそれと悟られぬよう、一般市民の纏《まと》う衣類に身を包み、観光客を装って街の宿を取った。貴族たち上流階級の泊まる宿よりも質素な造りではあるが、二人で一泊するにはちょうどいい部屋だ。

明日の昼にはハーテルダムを出発して領地に戻る予定で、荷物を置く場所と軽い仮眠が取れれば十分なのだ。

二人は荷物を宿に置いて、人で溢れ返る街へ出てみることにした。

真昼の街はどこも賑わい、露天商もちらほらと見受けられた。時折風に乗って花の芳香が運ばれてくる往来を、ヘルディナとザシュは目的もなくぶらぶらと歩いていた。

本来の目的である、クリステルの今後を決める最重要イベントが起こるとしたら、今夜だ。

夕方には草原を見渡せて、かつ姿を隠せる場所を確保しておきたいが、それまでの時間潰しに少しだけ観光気分を味わっている。

「本当は、こんなふうに遊んでいい身分ではないのにね」

「たまにはいいんじゃないですか？　そもそもクリステルがヘルディナ様を頼ってくるくらいですし、処罰はあの人の自己満足でしょう」

（相変わらずザシュはユリウス様が嫌いなのね……）

主人を捨てて他の女にあっさり乗り換えた、と彼は思っているのだろう。彼の横顔には不満がありありと滲んでいた。

いつもと違う衣類に包まれた背中で、長い髪を纏めたリボンが揺れている。ゆらゆらと揺れるそれは、既に成人済みの男性にはひどく不釣り合いだが、それが却って可愛らしく思える。くすりと笑ったヘルディナに、彼は「何ですか？」と首を傾げた。

「ううん、何でもないの」

ザシュの表情が苦くなり、気になるじゃないですかと心の声が聞こえてくるようだ。

そのやり取りや、彼の素直な表情に、ヘルディナの心はどんどん幸せな色に染まっていく。

だが、ささやかな幸せを感じるほどに、胸の奥に罪悪感が降り積もっていくのだ。

悪役の自分が幸せになって、クリステルが幸せになれない未来など、あってはならないことだ。ヘルディナが彼との幸せな未来を夢見るとしたら、それはクリステルが幸せな結末を手にしてからでなければならない。


ヘルディナたちは、遮るもののない野原で語らうはずの二人を、気付かれずに監視できそうな木陰に隠れて待機している。張り込み中の刑事よろしく軽食入りのバスケットを用意したヘルディナとザシュは、何人もの観光客たちが夕暮れに染まる景色に感嘆の息を吐いて去って行く後ろ姿を見送った。

夕刻から開始した張り込みは、陽が完全に落ちる頃には「もっとギリギリまで宿で待っていればよかった」と後悔が過ったが、星が瞬き始める頃になり、ようやくクリステルたちは姿を現した。彼らもお忍びのつもりなのか、いくらか簡素な装いである。

無論彼らは二人きりで出歩くことを許された身分ではない。遠く護衛の姿がちらほらと窺える。

彼らにも存在を気付かれないように注意しなければ、ユリウスにあらぬ誤解を与えることになってしまう。これ以上彼との関係を悪化させたくはない。

「来たわね。護衛に注意してちょうだい」

吐息だけでザシュに囁きかけると、彼が隣で頷く。

「あの人たちは、これから何をするんですか？」

「………愛を誓うかどうかの相談をするのよ」

このシーンでユリウスは、クリステルに自分を受け入れてほしいと迫る。

ユリウスが差し出すワインを、クリステルが拒めばハッピーエンド、受け入れるとバッドエンドだ。ここでヒロインは、気高さと清らかさを問われることになる。婚前に彼を受け入れて共に堕落してしまえば、待っているのは檻と鎖だ。

ゲーム通りに進むとは思っていないが、もしクリステルが困るような事態になるなら、助けになりたい。彼女が自分で答えを選べるなら、それを見届けるだけでいい。

（クリステル、頑張って……）

ザシュと肩を寄せ合う距離で、ヘルディナはじっと二人から目を逸らさない。

今日の視察の話が終わると、ようやくユリウスがバスケットを開けた。

「クリステル、今日のこの日を祝って、乾杯しよう。君と出会えて、私は幸せだ」

よく通るユリウスの声が、風に乗ってかすかに聞こえてくる。

クリステルは渡されたグラスを受け取り、注がれる赤い液体に視線を落としている。

「このワインには、特別なものが入っているんだ。何かわかるか？」

ユリウスの問いに答えるクリステルの細い声は聞こえない。だが、首を傾げる彼女の仕草から会話の流れを推測することはできる。

「私からの愛だよ、クリステル。このワインには、愛が入っている――」

ユリウスは、彼女への愛を自分のこれまでの人生と共に語り聞かせた。

ユリウスの母は由緒ある伯爵家の娘で、彼を産み落としてすぐに息を引き取った。母親のいない乳飲み子を抱えた国王を支えたのは、ユリウスの母の侍医を務めた女性で、その彼女こそが現在の王妃――オスカーの母親である。オスカーの母親が空いた王妃の座をすかさず手にしたことから、当時の王宮では、ユリウスの母親は暗殺されたのではないかとの憶測がまことしやかに囁かれていた。

王妃となった男爵家の聡明《そうめい》な末娘を表立って策略家と揶揄《やゆ》する者はいなくとも、口さがない大人たちの話は幼いユリウスの耳にも入った。物心ついた頃からオスカーを厭《いと》わしく思うようになったユリウスは、自分こそが正統な王位継承者だと確信し、断固として母を手にかけた女が産み落とした異母弟を王座に近付けてはならないと考えている。

「王妃が何をしたのか、皆忘れたような顔をして、過去をなかったことにしている」

（それは違うわ、ユリウス様……）

ユリウスの語る過去を、勿論ヘルディナは知っている。

同時に、今の王妃がどれほど素晴らしい人格者であるかも、ヘルディナは知っていた。

治癒魔法に優れた彼女は、ヘルディナがまだ十に満たない年の頃に、魔物が現れて壊滅寸前まで追い込まれた地へ自ら赴き、傷付いた国民を身分に分け隔てなく癒やした。

彼女の優しさが、疑いを打ち砕き、民衆の心を摑んだのだ。

ユリウスの母親の死が不運な宿命だったのか、悪意にまみれた策謀だったのかはわからない。だが、今の王妃の優しさは国民の心に深く刻まれている。それをユリウス自身もよく理解しているはずなのに、彼は決して目を向けようとしない。

しかし、その気持ちも、今のヘルディナは理解できる。現実を受け止めるのが辛いのだ。

「お前だけが、私の人生の希望だ、クリステル」

崇高な信念を胸に抱く自分がどれほど正しいかと熱弁した彼は、唐突にクリステルの肩を摑む。

「クリステルが、私に喜びを教えてくれたんだ。だが、お前はまるで大空をはばたく鳥だ。自由で、どこにだって行ってしまう。無邪気に、誰にだって囀《さえず》ってみせる。お前が私の妻になるための準備は、全て整えるから。だから、私を受け入れて、私だけのものになってくれ。他の男のものになどならないと、私に全て捧《ささ》げて誓ってくれ。今ここで」

肩を摑んだユリウスから、クリステルは迷うように視線を逸らした。

（クリステル、どうするの）

かすかな明かりに照らされたクリステルの口元が、小さく動く。

「方法はいろいろある。《聖女の首飾り》だけが宝珠ではない。あれがお前を認めないなら、他の宝珠を作ってしまえばいい。お前がブラウェで勝手に読んでいた本にも、生成法が載っていただろう？　あらゆる手段を試してみよう」

ふるふるとクリステルが首を横に振り、「そんなのいや」とユリウスの胸を叩く。

「どうして。私たちが結ばれるためなら、手段を選ばない。誰にも遠慮などする必要はない。ここは、私とクリステルの世界なんだから」

風に乗って届くユリウスの声には、ぞくりと背筋が震えるほどの狂気が潜んでいる。

クリステルが、ゆっくりと彼から離れ、顔を上げた。

固唾を呑んで見守るヘルディナの耳に、かすかな声が聞こえてくる。

「…………ごめんなさい」

「何だって……？　私を、拒むのか？」

怒りを滲ませたユリウスが、クリステルの肩を掴んだ。彼女は小さな悲鳴をあげて、「違う、ユリウス、聞いて」と彼を落ち着かせようと努めていた。

「黙れ！　私を拒絶できると思っているのか。お前はどこにも行かせない。お前は私のものだ」

逃れようとするクリステルの顎を掴み、彼は実力行使に打って出た。執拗にワインを飲ませようと瓶ごと口に近付ける様子は明らかに異常で、傍観していることなどできない。

「やめなさい！」

クリステルの銀髪を掴もうと伸びたユリウスの手に、ヘルディナは魔法で発生させた風をぶつけ彼を牽制《けんせい》して駆け出した。周囲に配置されていた護衛たちがヘルディナを捕らえようと動き出すが、ザシュの援護射撃が彼らをすかさず地面に沈めていた。

虚を突かれたユリウスの手から瓶をひったくると、彼はヘルディナを睨《にら》み上げた。

「お前は、私の邪魔ばかりするな、ヘルディナよ。私たちに付きまとっているのか？」

「まさか、そんなことはしておりません。偶然、ユリウス様がクリステルに無理強いを働いているところが目に入りましたので、間に入ったまでです」

嘘が見破られることなど百も承知で、ヘルディナは手にした瓶を彼の眼前に差し出した。瓶の中で、ちゃぷりと酒が揺れる。

「この中身は何です？　随分と熱心に飲ませようとされていましたわね」

ユリウスはくっと喉を鳴らし、笑みと呼ぶには歪な表情を浮かべた。彼の拘束から解放されたクリステルは、怯えながらも、ユリウスを気遣わしげに見上げている。

彼女はこれだけされても、まだ彼を愛しているのだ。

「飲んでみろ。お前のような魔女には似合いの酒だ。お前が飲んで、私の愛をクリステルに教えてやるがいい。よく見ておけ、クリステル」

「きゃっ」

クリステルの髪を摑み、ユリウスが彼女の視線をヘルディナに固定する。彼の目は正気のそれではない。濁った瞳は、ぞくりと怖気が走るほど暗い色をしていた。

「さぁ、飲め！　クリステルに見せてやれ」

狂気のユリウスと怯えたクリステルを見比べて、ヘルディナは勢いに任せて瓶の中身を呷《あお》った。クリステルに依存するユリウスは彼女を決して殺さない。毒ではない確信があった。

　とろりとした舌触りに混ざる、果実以外の癖のある甘み。口の中に纏わりつくように広がった香りを放つ液体が、喉を伝って胃に流れ込んでいく。その途端、ヘルディナの周囲にぶわりと風が巻き起こった。

「ヘルディナ様！」

　駆けつけたザシュが崩れかけた体を抱き支えるが、彼の手に触れられたヘルディナの体は、小さく震えた。腹の底から甘い痺れが脳髄へ駆け抜けるその感覚は、快感だ。

「はっ……媚薬《びやく》ね……」

　呼吸を乱したヘルディナが奥歯を噛み締めると、ユリウスは声もなく天を仰いで笑った。

「だったらどうした？　その薬は、強力だぞ、ヘルディナ。一度や二度の絶頂では効果は切れない。せいぜい楽しむがいい」

　ヘルディナは、苦しむ姿をせせら笑うユリウスに瓶を放り投げ、クリステルに目配せを送る。彼女ははっとしたようにグラスのワインを地面に捨てて、ようやくユリウスの側から離れた。

　クリステルがユリウスから離れて街へ向かって行くのを横目に、ヘルディナはザシュに抱き上げられてその場から去った。計画を邪魔されたユリウスの怒りが、空気をじりじりと震わせていた。

＊　　＊　　＊

宿に着く頃には、ヘルディナの息は完全に上がってしまっていた。

せいぜいザシュの檻くらいしか広さのない寝室に置かれたベッドに倒れ込むと、息苦しさを解消するべく首に巻いたスカーフや胸元のボタンを外した。

ベッドに俯せになったヘルディナは、全身で息をしながら体内を食い荒らす熱と戦っている。自分の熱とは異なる媚薬の熱は、体の中を違う色の血がざわざわと巡っているような違和感をヘルディナに与える。その熱は時折下腹部に滞留し、内側から腰を疼かせてまた体内を巡っていく。不快な媚薬の熱が体のどこを通っているか、辿れそうなほどだった。

「どうして飲んだんですか」

酒に何を入れたのかを示して、クリステルの目を覚まさせてやりたかった。短慮を起こした自分を反省すると共に、彼女がこうならずに済んで良かったとも思っている。

「毒では、ないと、わかっていた、から……」

「ドリオ様を呼びます。『浄化』の力なら、きっと――」

「耐え、られるわっ……」

この手の薬は目的達成が効果を薄める最短の道だ。だが、時間経過でも効果は切れる。ヘルディナはそれを待とうとしていた。

「耐えるなんて無理です。こんなに魔力が乱れてるのに」

ザシュは本気で怒っている。きつく眉根を寄せて、言葉はいつになく荒っぽい。荷物の中から通信鏡を取り出す彼の服を、ヘルディナは懸命に手を伸ばして引っ張った。

「いや……お兄様は、呼ばないで……」

ドリオが来るまでに症状は更に悪化するだろう。触れられるだけで快感に打ち震える姿を、兄の前に晒したくない。

「がまん、できるからっ……」

「そういう問題じゃないでしょう。このまま魔力が乱れ続けたら、ヘルディナ様だって危ないんですよ！」

魔力制御にかけては自信がある。その思いを込めて首を横に振る。

「お兄様に……見られ、たく……ないっ……」

火照りを増す体を丸めて、ヘルディナは必死にこの渇きをやり過ごそうとする。気を失ってしまえたらいいのに、五感がどんどん研ぎ澄まされていく。頭だけがぼんやりとして、丸めた体が徐々に言うことを聞かずに揺れ始めていた。自分の理性が失われていくのを感じる。何度もシーツに額を擦りつけて自分と戦うヘルディナの体を、ザシュがくるりと上向かせて組み敷いた。

「俺が楽にします」

腕に触れられただけで背筋を快感が走り抜け、嚙みしめた歯の根から吐息が零れる。乱暴にヘルディナの服を脱がせるザシュの手が胸や腰に触れると、体がびくびくと跳ねた。

目の前に餌をぶら下げられた獣のように、その手に触れられたい欲求が高まっていく。

彼はもう子供ではない。風呂場で、檻で、自分を翻弄した男だ。彼に身を委ね、苦しみから解き放たれたいと体の奥に火が点る。

「だめっ……！」

残った理性をかき集めて欲望を抑え込もうとしたヘルディナの周囲に、ふわりと風が吹いた。流れ出した魔力が部屋の中で暴れているのを感じる。ヘルディナの忍耐をくすくすと嘲笑うように、媚薬の熱が腹部に集まる。飢えにも似た渇きを堪える心は乱れ、集中力は限界を迎えようとしていた。

「今は、黙っててください」

ヘルディナの起こした風にザシュの黒髪が靡《なび》き、彼の唇がヘルディナのそれを塞ぐ。

「んっ、んんっ……！」

喉の奥で声をあげたヘルディナの口腔内に、彼の舌が入り込む。薄い白の肌着越しに伝わる彼の熱が、かき集めた理性を蹴散らしていく。

大きな手が、肌着も脱がそうと体に触れる。びくりと震えたヘルディナは、じんじんと痺れる秘処のもどかしさに、しきりに内腿を擦り合わせていた。臍《へそ》の下から足の間までが、燃えるように熱い。

「やっ……だめっ……！」

ヘルディナは震えながら身を起こし、ザシュの下から抜け出した。白い肌着は部屋の明かりにうっすらと透け、ヘルディナの体を縁取る曲線を隠し切れない。それを恥じらう心はもうなく、手をついていなければ座っていられないほど媚薬は肉体を支配していた。

「自分で、するっ……あなたの、体で……自分で、するわ……」

「は……？」

「いいから……あなたは、座っていれば、いいのよ……」

今彼に体を委ねたら、心まで溺れてしまいそうだ。

主導権を奪われるのが怖い。彼に抱かれたら、きっと今以上に彼を好きになって、手放せなくなってしまう。だから、自分が彼を抱くのだ。

「後ろを、向いて……」

「何する気ですか」

「いいからっ、言う通りに、するのよ……っ」

ヘルディナはふらつきながらも自分の髪を結っていたリボンを解き、ザシュを後ろ手に縛った。ベッドの端に足を下ろして座らせたザシュの目もスカーフでしっかりと隠し、彼の上に這い上がるようにして跨《またが》る。

奴隷紋の刻まれた彼の首に腕を掛け、ぐったりともたれかかると、彼はわずかに体を傾け、後ろ手に縛られた腕で二人分の体重を支えた。

「見るのも、触るのも禁止ってことですか」

「んっ……そうよ……嫌なの……？　助けて、くれるんでしょ……」

密着した状態で彼が喋《しゃべ》ると、ヘルディナの耳に息がかかり、びくびくと体が反応する。それをわかっているのか、彼はわざわざヘルディナの髪に唇を寄せ、耳元で話す。

「俺の初めてを何だと思ってるんですか」

「ん、んん……」

唇が耳の縁を擽り、ヘルディナは身をくねらせながら喉を鳴らした。体の奥が、痺れるようなくすぐったいような、もどかしくてたまらない。

「縛る前に、俺を脱がせた方が良かったんじゃないですか。これだと、ヘルディナ様が俺を脱がせることになりますよ」

「脱がせる、くらい……はぁ、はぁ……できる……」

荒い呼吸を繰り返しながらなんとか身を起こし、彼のシャツのボタンを外していく。震える手が何度も胸板に触れ、硬い体を感じる度に鼓動が速まっていった。

シャツのボタンを外しきると、ヘルディナは体をずらして彼のベルトに手を掛けた。布越しに隆起した存在は、彼の下肢を暴こうとする手を躊躇《ためら》わせる。いまだ触れたことのないそれを前に、かすかに残った羞恥が首をもたげていた。

「ヘルディナ様には、触れないですよね？　手を解いてくれたら、自分で脱ぎます」

「うる、さいっ……あなたは、黙って、わたしに、抱かれてなさい……」

ヘルディナは荒い息に声を乱されながら、意を決してベルトを外し彼の屹立《きつりつ》を取り出した。握り込めないほどの太さを持ったそれは、まるでヘルディナに向かって来るように勃ち上がっている。血管の浮き立つ猛々しい漲《みなぎ》りを直視できず、彼の肩に目元を押し付けると、掌を添えたそこが反発するように震える。

熱いそれは、ヘルディナが触れると反応し、どんどん硬度を増していく。どこまで硬くなれば頃合いなのか見極められず、粘土を捏《こ》ねるように両手で弄んでいると、ザシュが犬歯を覗かせて荒っぽく息を吐いた。

「は……俺で遊ばないでください」

吐息に劣情を感じ取り、ヘルディナは肉杭《にくくい》から手を離し、膝立ちになってその上に跨った。媚薬の効果で溢れ出した蜜でぬるつく秘処に漲りの先端をあてがい、片手を添えたままゆっくりと腰を落とそうとする。

「んっ……んんっ……」

だが、あまりの圧迫感に切っ先すら飲み込めない。

(こんなの、入らない……)

先端が蜜を滴らせる入口を塞ぐだけで、硬いそれを自身に突き刺すために腰を落としきれないのだ。蜜口に押し当てるだけで腰が揺れ、掻痒感《そうようかん》が腰の内側で暴れているのに、あまりにも太いそれをヘルディナの初心な体が拒絶する。

「挿れないんですか?」

耳元で囁く彼の声には強い欲情が滲み、ヘルディナの肌を粟立たせる。

「んっ、挿れる、っ……」

ヘルディナは首を横に振りながらも、疼く体を何とか動かし、腰を浮かせて滾《たぎ》った彼に蜜口を押さえつけた。体が求めるままに受け入れてしまえば、楽になれる。体の奥にこれを突き立てて、楽になりたい。そう本能が繰り返していた。

蜜道の入口に切っ先をひたりとあて、彼の肩に腕を掛けて、少しずつ腰を落としていく。

「あっ……うぅ……んんっ……」

ヘルディナから滴り落ちた愛液が肉杭を濡らし、つるりと滑ったそれが開き切った花弁を擦る。内腿が震え、頭の中が真っ白になるほどの快感が背筋を駆け抜けた。

「あっ、あぁっ……」

彼にしがみつき、ヘルディナは腰を揺らしながら甘い声を零した。蜜を纏った蕾《つぼみ》が擦られるだけで、ふわりと瞼の裏が白むほどの心地になる。しかしその快感は、彼を欲する腰の内をどんどん疼かせ、却ってヘルディナを苦しめていく。体を支配する欲望と、欲望に掻き乱される魔力にいよいよ息が苦しくなる。

「ヘルディナ様、俺の方がおかしくなりそうです」

後ろ手に縛っていたはずのザシュの手が前に伸びてきて、ヘルディナの腰を抱き寄せた。目隠しのスカーフも取ってしまった彼は、あっという間にヘルディナをベッドに押し倒した。反転した視界で自分を見下ろす赤い双眸に、ゾクリと背筋が震える。頭の中が、完全に白色に染まり動けなくなる。

大きく開いた足の間にヘルディナを抱え込んだザシュが、片腕で身を支えながら迫ってくる。シーツに散らした金色の髪を乱しながら、ヘルディナは言葉にならない抵抗の声をあげた。その抗議に取り合う気はないとばかりに、ザシュの手が秘部に触れる。

「いや、もういいでしょう。俺にやらせてください。ここに、欲しいんですよね？」

ザシュの指が、濡れた蜜口にとぷりと沈み込んだ。

「あぁぁっ……！」

体の奥がじゅんと収縮し、震えながら背をしならせ、堪えきれぬ声をあげた。主人の隘《あい》路《ろ》に、ザシュはゆっくりと指を抜き差しする。

「は……こんなに濡れてても入らないものなんですか」

心なしか荒い息を吐いて、彼は狭い蜜路を指で解し始めた。その刺激に血は沸き立ち、脳がどろどろと溶けていく。抵抗など忘れたように、ヘルディナの体は彼の愛撫を従順に受け入れ、理性の屈服を歓喜した肉襞がうねって彼の指に絡みつく。ヘルディナの体を覆うザシュが、小さく身震いしたのが伝わった。

「あっ、あっ……んんっ……！」

唇が塞がれ、彼の濡れた舌が口腔内に侵入した。絡みつく舌と膣壁《ちつへき》を撫でる指に喉を鳴らし、ヘルディナはきつく目を瞑って強い快感に呑まれていく。口内で荒い息がぶつかり、上下するヘルディナの胸に彼の手が伸びた。

「う、あぁぁっ……」

くしゃりと肌着ごと揉みしだかれた乳房の先端がじんとして、腹の奥から熱がとろりと溢れ出す。薄い布をつんと押し上げる胸の先をぎゅっと摘まれると、ヘルディナは声をあげながら堪えきれずに身を捩《よじ》った。内で巡る熱が肌を焦がすようだ。その肌の上を、彼の唇が辿っていく。肉の薄い首筋の肌を食み、鎖骨に優しい口付けを落として、胸元に下りた彼の唇は、薄い肌着の上から張り詰めた膨らみの先を含んだ。

「あ、ぁぁ、んんっ……」

柔らかな布が彼の唾液で濡れ、肌に張り付く。その隔たりの向こうから、生温かい舌が赤く熟れた先を転がしている。時折きつく吸っては手で揉んで、愛液を零す蜜壺《みつつぼ》の中をゆっくりと指が往復する。膣壁を擦られると、自分でも知らぬ最奥が疼いて仕方ない。

「あっ、ああっ……ザシュ……それ、いやっ……はやくっ……」

「早く挿れろって言いたいんですか？」

こくこくと頷き、ヘルディナは薄く目を開けた。常ならばしっかりとした光を放つヘルディナの淡い青の瞳は今、甘い懇願を浮かべて潤んでいる。

こくりと喉を鳴らしたザシュが、薄い唇を皮肉な笑みに歪める。

「俺も一杯一杯なので、あんまり煽《あお》らないでください……まだ指一本でもきついのに……」

「うっ、あぁぁっ……！」

溢れ出した蜜を纏わせた指が、蜜口の上にある粒に触れる。これまでの刺激とは違う、目の前が真っ白に染まるほどの強い感覚に体の熱が一気に上昇した。びくびくと震える度に豊満な乳房が揺れ、それに誘われるようにザシュが再びヘルディナに貪りつく。与えられる快感の鋭さに額に汗が滲み、ヘルディナは首を反らして声をあげた。

「あっあっ、だめっ……やっ、きちゃ、うっ……！」

拠り所を求めたヘルディナは、近くにあった枕の端をぎゅっと摑んだ。高まる愉悦の波を感じ、蹴るようにシーツを足先で掻いた瞬間、ふわりと目の前で光が弾けた。

「あ、ぁっ……！」

小刻みに体を震わせながら達したヘルディナは、ぐったりと体をベッドに沈めた。駆け抜けた甘い快感の余韻に浸るヘルディナの蜜路から、淫猥な音を立てて彼の指が抜け出た。しかしそれは一瞬で、物欲しげに震える蜜口に今度は二本の指が沈められる。

「んんっ……」

先程までよりも強い圧迫感にヘルディナの細い眉が歪んだ。だが、その刺激を待ちわびていたようにヘルディナの内は戦慄いている。

「もっと、ですよね？」

「あ、あっ……」

目を閉じ、甘い声を零しながら、ヘルディナはこくこくと頷いた。絶頂で機能しなくなった頭は、ザシュの問いに何の恥じらいもなく応じてしまう。

「は……薬のせいですよね……わかってても、今のはずるいですよ」

素直に強請ったヘルディナの髪に口付けて、ザシュは更に深く指をねじ入れた。潤ったそこで指がとんとんと腹を叩くように動くと、くちゅくちゅと淫猥な音が響く。燻《くすぶ》っていた情欲の火種が爆ぜたように体の芯が疼き始めて、ヘルディナは切ない声をあげて悶えた。

「あっ、はぁ……んっ、あぁ……！」

これではもう足りないと、もっと深いところを触ってほしいと、体が叫んでいる。蕩《とろ》けた蜜口はひくひくと収縮を繰り返し、滴り落ちた愛液が肌を濡らしている。

浅い呼吸を繰り返して喘《あえ》ぐヘルディナの肌着が、するすると体から引き抜かれる。明かりに照らされた素肌の上を、彼の熱い掌が這いまわった。滑らかな肌の感触を確かめるように、ヘルディナの存在を噛み締めるように、くびれた腰や、嬌声《きょうせい》をあげて波立つ胸をじっとりと、焦らすように辿っていく。

「こんなに俺の手垢《てあか》だらけにされたら、もうどこにも嫁に行けませんよね……」

蜂蜜のようにねっとりと纏わりつく甘い声に、背筋が震えた。陶然とした響きには、劣情よりも強い執着が滲み出ていて、ヘルディナの胸をぎゅっと締め付ける。

のろのろと目を開けると、蕩けた蜜路から指が抜け、ザシュがヘルディナの顔の横に手をついた。真上から注がれる赤い瞳から目を逸らせない。彼も、ヘルディナの淡い青の瞳をじっと捉えたまま、ひたりと蜜口に硬い切っ先をあてがった。

「挿れますよ……」

ヘルディナの返事を待たずに、彼が腰を押し当てて中に熱が入り込む。

「あっ、ぁあっ――……！」

異物が自分の内側を抉《えぐ》るようで、全身の毛が逆立った。しかし、十分に蕩かされたヘルディナのそこは、難なくザシュを受け入れている。異なる熱が隘路を埋め尽くす圧迫感や息苦しさはあれど、痛みはない。

「はぁ、はぁ……ぁ、ぁ……」

初めての感覚に悲鳴をあげたものの、苦痛より圧倒的に快感が勝っていた。荒い呼吸を繰り返していたヘルディナの喉は、徐々に甘えた声を上げ始める。ひたりと腰を押し当てたまま動かなかったザシュが、ヘルディナの頬に触れ、掠《かす》れた声で囁きかける。

「これで、ヘルディナ様は俺のものですね」

彼は体を起こすとヘルディナの両膝を掴み、埋め込まれた屹立をぎりぎりまで引き抜く。体の内側を引きずり出されるようで歯を食いしばった直後、再び彼のそこが最奥に突き立てられた。

「あ……やっ、あぁぁっ……！」

ヘルディナはきつく枕を握り締めた。目の前がちかちかと明滅し、体の内側を引っ掻かれたような衝撃に大きく息が乱れる。びりびりと足先まで走る快感に、ヘルディナは軽く達しかけた。

「ん、んっ……やっ、あぁ……！」

「痛くは……ないみたいですね」

体を揺さぶるような抽送に合わせて、濡れた音と甘い声が室内に響く。蜜を纏った肉杭が内側を擦り奥に突き立てられる度、腰の内側で熱が激しく暴れる。体が汗ばみ、背中でシーツがくしゃりと乱れていた。もっと、もっとと言うようにヘルディナの内が彼に絡みつき、ザシュは荒い呼吸を繰り返しながら腰を動かし続ける。

「ヘルディナ様……体中赤くなってますよ。ここも、立ちっぱなし……」

膝を摑んでいた手が胸に伸び、双丘が同時に揉みしだかれる。つんと勃ち上がった先端を転がされると体の奥の熱がカッと上昇し、ヘルディナは首を反らしながら髪を振り乱した。

「あっ、あぁあっ……それ、っ……！　また、きちゃう……っ！」

剛直に貫かれながらそこを触られるのは、苦しいくらいに気持ちいい。ざわりと肌を粟立てるヘルディナを、欲情して嗜虐《しぎゃく》的な色を深めた赤い目が見下ろしている。

「何回でもいけばいいじゃないですか」

「うっ――あぁあっ……！」

踵が宙を搔き、ふわりと体が浮いたように快感に攫《さら》われる。高く啼《な》いて果てたヘルディナの体がくったりとベッドに沈んでも、ザシュは動きを止めなかった。

「あ、ぁ……ま……っ、て……！」

与えられる快感の強さに目尻から涙を零しながらヘルディナが訴えても、彼は首を横に振る。

「まだ足りないって言ってますよ、ヘルディナ様の体は。ここも、赤くなってますね

……」

脱力した足を大きく開かされ、彼の手がそっと花蕾を撫でた。

「やっ……！　あ、あっ……！」

搔き出された蜜を塗り込めるようにくるくると擦られると、引きかけた波がまた高まってくる。開かれた膝を閉じることもできず、脳天まで突き抜けるほどの悦楽に溺れるほかない。成す術なくザシュに高められていく体の奥が、痛いほどに痺れ始めた。

自分とは異なる熱が、そこに集中しているのを感じる。媚薬の熱が、ここだと告げていた。ここに彼の熱を受けろと、抗い難い欲求がヘルディナを狂わせる。

「あっ、あっ……ザシュ……おくっ……！」

「奥？　ここを、突いてほしいってことですか？」

ザシュが、ぴたりと押し当てたまま腰を揺さぶる。ぐっと最奥に当たったまま先端がそこを擦ると、ぶわりと肌が粟立った。

「そこっ……そこ……もっと、つよく……！」

ヘルディナは助けてと懇願するように彼を見上げる。ザシュが喉を鳴らし、きつく唇を引き結んで大きく腰を打ち付けた。目の前に星が散り、大きく喘ぎながらヘルディナはもっとと繰り返す。

「あっ、そこっ……もっとっ……！　う、あぁぁっ……！」

体を倒したザシュの胸板に双丘が押しつぶされ、汗ばんだ二人の体が擦れ合う。激しく体が揺さぶられ、目を開けていられなくなる。体の下でベッドが軋《きし》み、互いの熱い吐息がぶつかって混ざり合った。宿の匂いの中に、嗅ぎなれたザシュの匂いを感じて、ヘルディナは彼の背に手を伸ばした。

「あ、あっ……ザ、シュ……！」

「は……ヘルディナ様……」

甘い響きに胸が締め付けられると、心に合わせてヘルディナの中もねっとりと彼に絡みつく。濡れた肉襞を擦る漲りが更に嵩《かさ》を増し、打ち付ける腰の動きが乱暴になっていく。

彼の腕が枕を摑むヘルディナの手を握り、ヘルディナも彼の手をきつく握り返した。

「ヘルディナ様……も、っく……」

こくこくと頷いたヘルディナの唇に彼のそれが重なる。互いに求めるように貪り合い、離れたときには、計ったようにお互いの体を抱き寄せた。一つになったように抱き寄せられた腕の中で、ヘルディナは高く啼いて果てた。奥の奥を貫いた彼の雄が同時に震え、ヘルディナの内に熱が広がる。低く唸った後に数回腰を揺すったザシュが、喘ぐように荒い息を吐きだす。

「ヘルディナ様……」

金色の髪を撫でる手と、優しい声に誘われて目を開けると、愛おしい赤い瞳が自分だけを映していた。

そっと重ねられた唇に目を閉じると、じわりと心が満たされていった。彼が好きだ。へしまった。

ルディナの溢れる想いは、きゅんと胸を高鳴らせ、彼を受け止める内もひくりと蠢《うごめ》かせて
「は……まだ足りないですか」

「ちがっ――うぅん……」

媚薬の熱は綺麗《きれい》に消えていたはずだというのに、彼が再び唇を重ねて来ても、ヘルディナは拒むことができなかった。

＊　　＊　　＊

眩い朝日が瞼を撫でて、ヘルディナははっと目を覚ました。

咄嗟《とっさ》に体を起こそうとしたが、鉛玉が詰まったように重い腰は脳から発せられる指示を無視して沈黙を守っている。体のあちこちが痛み、ヘルディナは大人しくシーツの上にもう一度沈んだ。俯せに眠っていたヘルディナは、広々とした自分の隣にぼんやりと腕を伸ばす。

「ザシュ……？」

彼を呼ぶと、背後から腕が伸びてくる。

「こっちです」

顔だけ振り向いたヘルディナの乱れた髪を、彼の大きな手が梳《す》いた。ベッドの端に座っ

たザシュは心配そうな目で、ほんの少し首を傾けている。

初めて二人きりで迎える朝は、柔らかで、温かい幸せに包まれていた。ヘルディナの起き抜けの白い頬に朱が差すと、自分だけ身支度を完璧に整えたザシュは、薄い唇から満足げに尖った犬歯を覗かせた。


昼前には宿を出るつもりで、ヘルディナはあらかたの準備を整えた。

椅子に座って窓を鏡代わりに髪を三つ編みにしながら、ヘルディナは荷物を纏めるザシュに声を掛ける。

「馬車が予定通りなら、夕方には転移門に到着できそうね」

「そうですね」

宿を出た後、二人は来た時と同じように乗り合い馬車で転移門付近まで移動する予定だ。転移門でユリウスたちと鉢合わせしないよう、細心の注意を払わねばならない。

（クリステルは、どうしたのかしら……）

ユリウスは、クリステルに無体なことをしないと思っていたが、昨夜の彼は明らかに異常だった。彼女がそれでも彼を愛するというなら、ヘルディナが口を挟むことではないが、ユリウスにはこれ以上彼女を苦しめないでほしいと願うばかりだ。

それにしても、これから自分はどうなるだろう。

（ユリウス様は、怒っているわよね……）

彼の不興を買ったのは間違いない。自分で自分の首を絞めたも同然だ。

ザシュをどうやって守ればいいのか、見当もつかない。

主従関係を解消し、彼を手放して、解決できるだろうか。

彼と離れる——考えただけで、胸が引き裂かれそうに痛む。

知らず溜息をついていたヘルディナは、結った髪を隠すように頭にスカーフを被せた。

それをピンで固定していると、荷物を纏め終えたザシュが側にやってきて、唐突に床に膝をついた。

「ヘルディナ様」

彼は、忠犬がそうするようにヘルディナの膝に手を置いた。「なぁに」と首を傾げたヘルディナは、真っ直ぐに自分を射抜く赤い双眸から目が逸らせなくなる。

「このまま、俺と逃げてください。領地には戻らずに、どこか遠くに」

「え……?」

「昨日、俺は兵士を攻撃しました。ヘルディナ様も、あの人を攻撃してます。あの人は、俺たちを許さない。領地に戻っても、ご主人様やドリオ様から引き離されるだけです。俺と、ヘルディナ様も」

だから一緒にどこか遠くへ、と彼はヘルディナのスカートをぎゅっと握った。

「でも……」

思いがけない提案に、ヘルディナはすぐに答えを出せない。

「この国を出て、どこか遠い場所で暮らしましょう。南方の国は、もっと暖かくて気候も穏やかと聞きます。そこで、あの人たちから離れて、静かに。今と同じ生活はできませんけど、俺が働いてヘルディナ様を養っていきますから」

「そ、そうじゃなくて……」

彼と駆け落ちして描く未来は、甘美な誘惑だ。

南下した温暖な国で、年中豊かな緑に囲まれて、彼と暮らす。小さな小屋が二人の家で、裏庭で飼う家畜の世話をして、税を納めて少し手元に残る程度の畑を耕しながら、慎ましい生活を送る。食事は運ばれてこないし、掃除も自分たちでしなければならない。それでも、毎日ささやかな幸せを噛みしめて、誰にも怯えることなく、彼と二人で。

「でも……お父様と、お兄様が……」

「俺たちが戻っても、あの人が命じれば旦那様はヘルディナ様を手放すしかありません。だから旦那様に、絶縁してもらいましょう。そうしたら、ヘルディナ様の咎を旦那様が負うこともありません。今のままだと、ヘルディナ様と旦那様が互いを縛る枷になるだけです」

ザシュの考える通り、ユリウスが本気でヘルディナを捕らえるつもりなら、メイエル侯爵家を押さえるのが定石だ。家を守るためにヘルディナの父は苦渋の決断を強いられる。ヘルディナがいつまでも侯爵家の令嬢として領地にいるより、縁を切り出て行った方が、互いに身軽になれるのは間違いない。

「だ、けど……わたし、この力を、国のために……」

ピンを止めていた手が止まり、中途半端に宙に浮いた。その手を、ザシュがそっと握って膝の上に置く。

「もう十分尽くしました。これまで、ヘルディナ様は国とあの人に、さんざん尽くしてきたじゃないですか」

いくつかの魔物退治や自然災害の復興などで、ヘルディナの力は役立てられた。

それは、自分の生まれ持った使命だ。特別な力を授かったからには、皆のために使わなければならない。

だが、これから先は？

ユリウスは今後ヘルディナの力を頼ることはないだろう。国は、今のヘルディナを必要としていない。このまま領地に戻り、親兄弟に苦しい思いをさせてまで守らねばならないものなど、あるのだろうか。

ヘルディナの両頬を、ザシュの大きな手がすっぽりと包む。彼の強い眼差しが、心を直接揺さぶった。

「ヘルディナ様、俺を、愛してますよね？」

いくつもの思い出がきらきらと輝き、彼への想いが胸の奥から溢れてくる。前世で最愛だった推しだからではなく、ずっと隣にいた彼が、たぶんヘルディナは好きだったのだ。

ヘルディナは、自分の頬を包む手に手を重ね、大きく頷いた。

荷物を纏めて宿を出た二人は、転移門方面へ向かう乗合馬車には乗らず、南方へ向かうべく人で溢れる往来を進んでいた。

昨日よりも人の多い大通りはどこもかしこも賑わい、歩みは進まない。人の間を縫うようにして、周囲を警戒しながら歩いていた。

ハーテルダムを出て、次の街に入ったら、メイエル侯爵家に連絡を入れる。

ユリウスたちの滞在するハーテルダムで悠長に連絡をしている余裕はない。できるだけ人に紛れてここから遠くへ移動することを最優先にすると、二人で相談して決めた。

逃亡で緊張しているからなのか、自分の知らない筋書きの未来へ進んでいくことの恐怖なのか、胸がどきどきしていた。

しばらく進み、街の出口が見え始めたとき、ヘルディナとザシュは同時に足を止めた。

アーチを描く木製の門の下で、クリステルと、兵士を引き連れたユリウスが待ち構えていた。クリステルは体を縛られ、首にも首輪のように縄を回されている。

「ヘルディナ・メイエルと、その下僕を捕らえろ！」

ユリウスの号令に兵士たちが動き出す。彼に腕を掴まれたクリステルが涙を浮かべながらヘルディナを呼んでいた。

「突破できます。ヘルディナ様！」

ザシュがヘルディナの腕を引く。

その手を振りほどき、ヘルディナは彼の胸を強く押した。

「逃げて」

彼だけなら追手を撒《ま》ける。二人では、時間を稼ぐこともできはしない。

目を瞠《みは》ったザシュが再びヘルディナの腕を掴むより先に、二人の間を切り裂くように稲光が走り、舗装された道を焦がした。

「二人とも、動くな」

雷を放ったユリウスは、クリステルの喉元に短剣をひたりと押し当て、二人の行動を制した。その目は爛々《らんらん》とした狂気を宿している。動けばこの女の命はないという脅しに、ヘルディナたちは屈するほかなかった。

第五章

天井にほど近い高さにある明かり取りの窓から射す光が、狭い部屋を照らしている。覗《のぞ》き窓がついた鉄の扉と暗い色の石壁は、外の空気や気配を遮断して、ヘルディナにより強く孤独を感じさせた。木製のベッドは硬く、薄い上掛け一枚では夜の寒さをしのぎ切れず、安眠とは無縁の環境だ。質の悪い生地で作られたローブを纏《まと》うヘルディナは、ベッドに座ってぼんやりと空を見つめていた。

ハーテルダムで捕らえられたヘルディナは、そのままサンデル修道院に移送された。

ここはまさしく監獄だった。朝夕の祈りの時間に大聖堂に集められる以外、人の顔を見ることもなく、鍵のかかったこの厳重な部屋に閉じ込められている。私語は一切禁じられ、部屋には私物を持ち込むことも許されない。魔力を封じるために着けられた首輪状の魔法道具が、ずっしりと重く自由な呼吸すら阻んでいた。

一日一日が気が遠くなるほどに長く、少しずつ精神の均衡を崩しそうで恐ろしい。今はまだ何とか自分を保っているが、いつまでもつか自分でもわからない。

（ザシュはどうしたかしら……）

ヘルディナが修道院に入れられてから、一週間だ。ザシュがどうしているのか、メイエル侯爵家がどうなったのか、ヘルディナには一切知らされない。

『ヘルディナ様！』

頭の中で、クリステルの泣きそうな声がこだましている。その声が聞こえる度、ヘルディナの胸にチクリとした小さな痛みが走り、耳の側で誰かが囁《ささや》くのだ。

『あの女のせいで――』

違う、とヘルディナは耳を塞ぐ。

こうなったのは、彼女のせいではない。自分の責任だ。自分が、こんな声に流されてしまう弱い人間だったから。

『あの女のせいで――』

「違う……！」

頭を振ったヘルディナは、ベッドの上で小さく丸まって動きを止めた。

こんなにも、一人にされるのが寂しく、惨めな思いだとは知らなかった。

ヘルディナは、長すぎる一日をやり過ごそうと、そっと目を閉じた。

＊　＊　＊

ヘルディナとユリウスの婚姻は、二人が魔法学園を卒業した後に行われると決定した。

そのお達しが届いたとき、彼女は特に喜ぶでも、悲しむでもなく、粛々と使命を承る姿勢を崩さなかった。その彼女に、ザシュの心はまた歪《いびつ》な音を立てた。

ザシュは結局、あの日のことを、誰にも口外しなかった。それについての迷いはあった。何度も言ってしまおうと考えたが、ヘルディナを裏切ることはできなかった。

魔法学園には、ザシュも通うといいとドリオは言った。たくさん学ぶものがあるし、人との出会いもあるはずだという主に、ザシュは曖昧な返事をして回答を先延ばしにした。

ヘルディナを側で見守りたい気持ちと、彼女があの男と一緒にいるところを毎日見なければいけない苦痛の間で、心が揺れていた。

迷ううちに、ザシュの入学の手続きはどんどん進められた。

いよいよ明後日には学園の門が開かれるという夜のことだ。

明日の夜には入学前夜のパーティーがあるが、その前日に王宮でも舞踏会が催された。ユリウスの相手として招待されたヘルディナは、昼前に着飾って屋敷を出て、夜には暗い表情で戻ってきた。

彼女の着替えを手伝って部屋から出てきたメイドたちが、「何かあったみたい」と声を潜めてヘルディナの異変を心配していた。

あの男が、また彼女を苦しめている。そんな気がしてならなかった。自分が訪ねていいものなのか迷いながらも、居ても立っても居られず、ザシュはヘルディナの部屋に向かった。彼女が好きな温かいワインを持って行くと、ベッドで丸くなっていたヘルディナはむくりと起き上がり、首を傾げた。

「何か、お父様から聞いたの？」

「え……いえ、旦那様からは、何も」

ザシュは、ヘルディナと共に出掛けていたメイエル侯爵から何か相談されるような立場にない。だが、舞踏会で何かあったことは間違いないのだろうと確信した。

「何かあったんですか」

「……うん。一曲も、踊ってくださらなかったの。他のご令嬢とは、踊っていたのだけれどね」

貴族の決まり事に疎いザシュでも、それが異常なことであるのは理解できる。

「それは、許されることなんですか」

「皆は、照れていらっしゃると思ってるの。婚姻の日が決まったから。だけど、あれ以来、ユリウス様にはすっかり嫌われてしまったのよね……」

ヘルディナの笑顔は寂しそうだった。彼女にこんな顔をさせるユリウスが、許せなかった。婚約者を差し置いて、別の令嬢と踊るユリウスの姿が脳裏にちらつき、あの日彼女の頬を打った光景まで蘇《よみがえ》り、ざわりと腹の奥で怒りが渦を巻いた。

魔物にとどめを刺したのは弟王子だが、世間で英雄と評価されているのはユリウスだ。彼は良き伴侶に恵まれたと、彼が国王になれば国は安泰だと国民は皆そう思っている。その話を聞く度に、ザシュは苛立ちを募らせてきた。

結局は、彼女がいなければ何もできないくせに。彼女の力を利用して、好き勝手に彼女の力を使えないと癇癪《かんしゃく》を起こして、暴力を振るう無能のくせに。

彼女が辛いとき、側にいて支えもしない。彼女の祝いにも、金をかけた贈り物一つで済ませ、寄り添うこともしない。何年も何年も、あんな男のために彼女は家族からも引き離されて人生を懸けてきたというのに。

どこまで彼女を蔑ろにしたら気が済むのか——

手にしていた布がさらりと灰になり、床に降り積もる。

溢《あふ》れ出した感情のままに、ザシュはヘルディナの元に駆け寄り、ベッドの側に膝を突いた。

「ヘルディナ様、俺と一緒に、逃げましょう」

「え……？」

ヘルディナの吊《つ》った目が丸く見開かれる。

戸惑うように揺れる瞳を見つめて、ザシュは彼女の手を握った。

「あの人は、ヘルディナ様を傷付けてばかりです。一緒にいても幸せになんてなれません。俺と一緒に、国を出てください。どこか遠くへ——」

ザシュの言葉を遮って、ヘルディナは首を横に振った。

「駄目よ」

それはできないと、ヘルディナの薄氷色の瞳が彼を真っ直ぐに見返した。だが、ザシュもそれに食い下がる。

「旦那様とドリオ様がいるからですか？　メイエル侯爵家には、もう十分尽くしたじゃありませんか。恵まれた力だって、ヘルディィナ様が望んだわけじゃないのに、十分国を救ってきました」

「わたしの家で、わたしの生まれた国よ。尽くすのが当たり前だわ。わたしをここまで育ててくれて、たくさんの幸せをくれたのは家族や領地の皆なのに、裏切るなんてできない」

「だからって、ヘルディィナ様が犠牲になる必要はないじゃないですか。あの人は、ヘルディィナ様の力が欲しいだけでしょう？　どうして不幸になるとわかってて言いなりになるんですか⁉」

　ヘルディィナは答えを探すように瞬きを繰り返し、細い眉が苦しげに歪《ゆが》められる。

「不幸だなんて……違うわ。わたしは、これ以上望んではいけないくらい、恵まれているの。国に尽くすのは、特別な力を授かった使命で、だからユリウス様のお側に――」

「使命だから、好きでもない男と結婚するんですか⁉」

　怯《ひる》んだように彼女の瞳が大きく揺れて、淡い青の瞳が涙の膜に覆われていく。

　下唇を噛《か》みしめるヘルディィナの手に、ザシュはぎゅっと力を込めた。

「今と同じだけの生活はできなくても、俺が必死に働いて、ヘルディィナ様を幸せにします。だから、一緒に逃げてください。あんな男のものにならないでください。俺の方が、ヘルディィナ様を愛してるのに――」

ぽたりと、ザシュの手の上に彼女の涙が落ちた。

もがくようにして、その手の中から彼女の小さな手が逃げ出してしまう。

「わたしは、愛してない……！」

震える声で叫んだヘルディナは、顔をくしゃくしゃにしながら首を横に振った。

「わたしは、あなたなんて好きじゃない……！　学園にも、来てほしくない……！」

涙を散らすヘルディナの苦しげな表情に、ザシュは自分も泣きそうになりながら手を伸ばした。

「ヘルディナ様……」

その手が、ぱしんと叩《たた》き落とされる。

「出て行って……！」

両手で顔を覆ったヘルディナは、小さな嗚咽《おえつ》を漏らしながらザシュに背を向けた。彼女からの強い拒絶を感じ取り、ザシュは静かに立ち上がって部屋を出た。

翌日、昼過ぎに荷物を持ってヘルディナが学園に向かっていくのを、ザシュは窓からぼんやりと見送った。

＊　＊　＊

「ひどくやられたものだな」

頭の上から降ってくる声に、ザシュはぼんやりと目を覚ました。

殴られた頰が熱を持ち、切れた口の中に鉄錆《てつさび》の味が広がっている。椅子に縛られた体に誰かの手が触れ、ザシュは条件反射的に体を揺らして手から逃れようとする。

「大人しくしろ。助けてやろうとしてるんだ。見えるか？　俺だ」

腫れた目を開くと、歪んだ視界で燃えるような赤い頭がちらついた。

その派手な頭には、見覚えがあった。

「オスカー……さま……」

「そうだ。今日からお前の身柄は俺が預かることになった」

「――ヘルディナ様は⁉」

「サンデル修道院にいる。安心しろ、無事だ。会えはしないがな」

ザシュは口の中でその名を繰り返した。

サンデル修道院。ユリウスが彼女を送ろうとしていた場所だ。

後ろ手に縛られた手が解放されると、捩《ね》じれていた肩が元に戻ろうとしてひどく痛んだ。

「話があるんだが、まずは治療が先だな。それと、しばらくこれは着けたままにしてもらうぞ。お前の力は厄介なんでな」

オスカーの指が、首に巻き付く首輪状の鎖を引っかけて引っ張った。

魔力を封印する魔法道具は、捕まった折に真っ先に着けられたものだ。

目の前でヘルディナが兵士たちに取り押さえられる様を思い出し、ザシュは奥歯が割れそうなほどきつく歯を食いしばった。

治療を受け、湯に入って身綺麗《みぎれい》になったザシュは、投獄された牢《ろう》から騎士団の宿舎に移された。騎士団を取り仕切る団長と話を付けたオスカーは、ザシュを空いた団員用の部屋に案内した。そこは、彼女が用意してくれた檻《おり》よりもずっと狭い。

「しばらくはここで寝起きしてもらう」

「……ヘルディナ様は、どうなったんですか」

「お前はヘルディナのことばかりだな」

呆《あき》れたようなオスカーは、側近たちを下がらせ、ザシュと二人になるように部屋のドアを閉める。立ち尽くすザシュに「お前はそっちに座れ」とベッドを指し示し、彼は椅子に腰を下ろすと長い足を偉そうに組んだ。

「順番に話す。事実と異なることがあっても、一旦俺の説明を聞け。お前の主張は後でたっぷり聞いてやる。いいな」

そう釘《くぎ》を刺してから、彼はこの数日間のことを語り始めた。

捕らえられたヘルディナとザシュの罪状は、ユリウスおよびクリステルへの暴行と、《聖女の首飾り》を汚した罪だという。ユリウスは、ヘルディナがクリステル憎さから所有する《聖女の首飾り》に呪いをかけたと主張し、ヘルディナが謹慎していた屋敷から証拠の品を押収したと国王や諸侯に説明したそうだ。

「勿論《もちろん》、そんなことができるのかどうか試す方法がない以上、ヘルディナの無罪は立証できない」

「だったら、罪も立証できないんじゃないですか」

「その通りだ。だが、ヘルディナとお前がユリウスやその護衛を攻撃したのは事実だろう」

国王はユリウスの乱心にほとほと頭を悩ませ、心を痛めている。これまで国を任せられる後任として立派に育ってきたユリウスの豹変《ひょうへん》は、国王にとって大きな心労となっており、このところ胸の患いが悪化しているという。じきに死期を迎える自分ができることは、せめて王位に就くユリウスの心を平穏に保ってやることだと彼は結論を下し、ヘルディナの移送を許可した。

クリステルを選んだユリウスに、ヘルディナはもう必要ない。

未来の王妃を命の危険に晒《さら》してきたヘルディナを切り捨てることでネドラント王国の次代が穏やかであるならば、それが何より優先されると国王は考えているのだ。

国王は、侯爵家の娘より、自分の息子を選んだ。

それを人間として至極当然の心理だと思うと同時に、ザシュは激しい憤りを覚えた。

「お前の気持ちはわかるよ」

わかるわけがない、とザシュは心の中で吐き捨てる。

この胸を搔《か》きむしりたくなるような無力感を、理解できるわけがない。

自分は、何もできていない。何年経っても、彼女を守れない弱いままだ。

「今夜はここでゆっくり休め。お前の話は明日にしよう」

「……どうして俺を助けるんですか」

「お前の才能は殺すには惜しい。俺の元で役に立て。悪いようにはしない」

「……俺の主人は、ヘルディナ様だけです」

「そのヘルディナは、もう修道院から出て来ることはないぞ。ユリウスを何とかしない限りはな――後で食事を運ばせる。まずは休め。ひどい顔だ」

オスカーは椅子から立ち上がり、狭い部屋を出て行こうとドアに向かう。

「……学園の、入学前夜のこと、思い出しましたか？」

オスカーの足がぴたりと止まる。振り返った彼の剣呑《けんのん》な目を、ザシュは臆することなく受け止めた。

自分一人ではヘルディナを救出できない。協力者が要る。

オスカーは、ユリウスを引きずり下ろしたいのだろう。あわよくば自分が彼にとって代わり王になる。そんな欲が透けて見えた。彼の目的が何であろうと、ザシュの知ったことではない。彼女を救うためなら、手段を選んではいられなかった。

＊　　　＊　　　＊

修道院に入って、初めて手紙が届けられた。

手紙一つでこんなにも感動する日が来るとは思わなかった。どれくらい人と会話していないか、どれくらい文字を見ていないか。自分以外の誰かとの接触に心が弾んでいる。

窓からの明かりが手紙を照らすよう場所を調整して、ヘルディナは中を確認した。

差出人は、クリステルだ。便箋は三枚にわたっており、ヘルディナを気遣う言葉がいくつも綴《つづ》られていた。自分のせいでこうなってしまったことを後悔している、今はユリウスの元にいるが、ヘルディナが助けてくれたことに深く感謝して、自分も強くなろうとヘルディナに学んだ。サンデル修道院はブラウェ地区でも有名な厳しい環境で、そこを出た修道女は誰もいないが、ヘルディナの過ごす今後が心安らかであるようにという想いが詰まった三枚だった。最後に、ほんの一行だが、ザシュについても書かれていた。

『彼は王都にいます。オスカー様の庇護下《ひごか》で、安全です』

その一文を噛みしめるように、ヘルディナは何度も読み返した。

（ありがとう、クリステル……）

ザシュが無事なら、思い残すことなどない。実家への心苦しい思いはあるが、父と兄ならうまく立ち回ってくれると信じている。今頃、ヘルディナが知らないだけで既に縁を切られている可能性もある。そうであってほしいとヘルディナは切に願う。

少しずつ考え方が暗く傾いていくのを日に日に感じていたが、今日は目の前に光が射したように晴れやかな心地だ。

（ザシュが無事なら、それでいいわ）

結局、運命からは逃れられなかったというだけだ。それでも、最悪の未来は全て回避できたような気がする。ザシュはオスカーの元で無事に保護されているし、彼の後追い自殺は奴隷紋が阻んでくれる。クリステルのバッドエンドも回避できたはずで、まだ魔霊の問題が残っているが、ヘルディナは魔霊を呼び出す気などない。

大切な人たちが、自分のいない世界で幸せを摑《つか》む姿を思い描きながら、ヘルディナはベッドにころんと横になった。

胸の奥がチクリと痛む感覚は、ここに入ってから友人のようにヘルディナと共にある。だが、あの声に悩まされることは少なくなってきている。いくらでも時間があるせいか、自分をじっくり見つめ直す余裕が出てきたおかげだろうか。

前世の記憶を取り戻してからというもの、ヘルディナの頭の中は常に混乱していた。多すぎる情報の海に呑《の》み込まれるように、いろいろなものを見失っていた気がする。

（思い出せないことが、いくつもあるのよね……）

特に、ザシュのこと。

幼い頃の記憶はいくらでも思い出せるのに、ヘルディナが花嫁修業を終えて領地に戻ったあたり――特に、母を亡くしたあたりから、彼とどんなふうに過ごしてきたのかぽっかりと記憶が抜け落ちていた。慎重に記憶の糸を手繰り寄せると、少しずつ、二十歳の誕生日にドリオがくれたひどい帽子を笑い合ったことや、巨大な魔物を倒しに行ったときに同行してくれたことは思い出せたが、そのとき自分がどう感じたのかは、依然として謎のまま。

　それに、彼がどうしてヘルディナの従者として学園にいたのかが、どうしても思い出せない。出発の朝、彼は「学園には行かない」と見送りにも現れず、ヘルディナは一人で入学前夜のパーティーに向かったのだ。

（あれ……？　そうよ……入学前夜の、パーティーで……）

　入学前夜のパーティーで、自分はクリステルと出会った。同じ『補助』の力を彼女が持っていると知ったとき、背負う荷が軽くなったようにどこかほっとしたのだ。

『あの方に頼まれても、力を貸しては駄目よ』

　ヘルディナは確かに、彼女にそう言った。

「っ、くっ――――！」

　突然、心臓が破裂しそうに拍動し、体の内側から刃が臓物ごと肌を切り裂くような痛みが走った。胸を掻きむしるように押さえながら、ヘルディナはベッドの上でのたうち回った。首を絞められたように息ができず、頭に血が集まって目の前が真っ赤に染まる。

　助けて、とヘルディナは声にならない悲鳴をあげるが、堅牢な鉄扉は掠《かす》れた喘《あえ》ぎを遮断して外に届けてはくれない。

　苦しみのあまり眦《まなじり》から涙を零しながら、ヘルディナは心の中でザシュを呼んだ。

　がたんと体が床に落ち、意識が途切れるその間際、走馬灯のように鮮やかな思い出がヘルディナの脳裏を駆け巡った。

初めて入った学園の広さは、ヘルディナの想像を超えていた。

小さな領土にも匹敵する土地は、白い外壁でぐるりと囲まれ、入り口から続く石畳の先に建てられた学び舎はまるで城だ。土地には他にもいくつかの建物が建設されており、それらは長い回廊で繋《つな》がっている。女子宿舎と男子宿舎は厳密に区切られており、特に夜間は両宿舎の門は魔法で施錠される仕組みだ。

ヘルディナは、女子宿舎の中でも一際広い部屋を与えられた。身の回りの世話をするためのメイドを十人もつけられ、却って息が詰まる思いだった。しかし周囲の人々は、ヘルディナの厚遇をユリウスの思いの深さによるものだと信じきっていて、それにもまた心が陰っていく。彼は、ヘルディナなど愛していない。

だが、溜息《ためいき》ばかりついているのは、学園生活が憂鬱だからでも、婚約者との不和によるものでもない。

ザシュへの想いが、ヘルディナの胸を締め付けていた。

（違う、違うわ……。好きじゃない。そんなこと、あってはいけないことだから）

自分は、王子と婚約しているのだ。他の誰かに恋をするなど、あってはならない。それも、身分差のある兄の従僕に。二人で逃げて、うまくいくはずがないのだ。彼に苦労をかけるだけ、家族に迷惑をかけるだけ。

（違う、違う。好きじゃない。わたしは、ザシュのことなんて、好きじゃないの……）

昨夜から何度も自分に言い聞かせてきた言葉を繰り返すのは、傷だらけになった心に塩を塗り込むような思いだった。

自分の本当の気持ちに蓋をし続けていたのに、こみ上げてくる感情が蓋をかたかたと揺らしている。

いつまでも気持ちに区切りをつけられぬまま、ヘルディナはメイドたちの手を借りて準備を整えた。

パーティーが開かれる大広間は、ドーム型の白い建物で、学内で一番広い場所だという。王宮の舞踏会が開かれたホールには劣るものの、侯爵家のそれよりずっと広いそこで、ヘルディナは知人たちに挨拶をして回った。

「ヘルディナ」

ホールへ現れたユリウスが歩み寄ってくると、ヘルディナは低く腰を落とした。恭しく礼をすると、彼は珍しくヘルディナの背に手を回し、「来てくれ」と夜の庭に連れ出した。

「ユリウス、こっちだ」

庭に出ると、オスカーと三人の貴族令息が待っていた。ユリウスに目で付いてこいといわれたヘルディナは、仕方なく彼らに続いた。

背丈ほどもある緑の壁の間を縫うようにして、蛇行した石畳の小道を歩くと、ホールの喧騒《けんそう》が遠く感じられる奥まった場所に、ぽつりと白い東屋が建っていた。

中央に腰のあたりまでの八角柱が据えられて、椅子の類は置かれていない。庭を楽しむためのものではなく、何かの遺跡のようだと感じて、ヘルディナは石畳の上で足を止めた。

「……ここで何をなさるのですか？」

「ちょっとした遊びさ」

ユリウスの代わりに、先に東屋に入ったオスカーが答える。他の三人も、ヘルディナたちが合流するのを待っている。渋々ユリウスに付いて東屋に入ると、オスカーが糸で綴じられた古い書物を八角柱の上に置いた。

「それは……？」

ヘルディナが尋ねると、やはりユリウスは黙ったままで、オスカーが口を開いた。

「魔霊の召喚方法が書かれた禁書だ。月の出る夜に、この魔法陣に強い魔力を込めると呼び出せると書いてあるんだが……一人ずつ試したが、魔法陣が反応しない。魔法陣は必要な魔力量が定められてるだろう？　魔霊召喚の魔法陣と謳《うた》うくらいだ。要求される魔力量は相応のものらしくてな。だから、ヘルディナに力を貸してもらおうと思ったんだ」

この場の誰も、その魔法陣で魔霊を呼び出せるなどと信じていないようだった。あちこち擦り切れた書物の真偽より、試すこと自体を楽しんでいる様子が窺《うかが》えた。しかし、ヘルディナは気乗りしなかった。

「申し訳ございませんが、お断りいたします。この魔法陣が本物だったらどうするおつもりですか？」

「魔霊を召喚する魔法陣などあるわけがないだろう。もし、あったとしたら、お前は自分の力なら魔霊を呼び出せると思っているのか？　天から授けられた力に、また思い上がっているのか」

鼻を鳴らしたユリウスの冷ややかな視線に、ヘルディナは唇を噛みしめた。

彼との間には、いまだにあのとき送り込む魔力量を調整したわだかまりがある。

（魔力量を調整したのは、ユリウス様のためなのに……）

それなのに、彼はヘルディナの思いを理解しようともしてくれない。

彼のために、ザシュを傷付けたのか。そう思うと悔しさが込み上げて、ヘルディナは彼をきっと睨《にら》みつけた。

「……現に、わたしの魔力量は、人に分け与えられるほどに豊かですもの」

誰かが口笛を吹き、ユリウスの顔色が変わった。頭に血が上ったユリウスが手を振り上げたが、オスカーが腕をねじ込んで制した。

「ヘルディナ、下がっていい。俺の遊びに付き合わされて、兄上は気が立っているようだ」

いいから逃げろと他の三人も目で合図され、ヘルディナはくるりと踵《きびす》を返してその場から立ち去った。

部屋に戻ろうかと思ったが、突然姿を消しては噂《うわさ》好きの令嬢たちの食い物にされかねない。しばらく何事もなかったかのように歓談してから部屋に引き上げるつもりでいると、不意に、ホールの隅で甲高い怒声があがった。

「どうしてくれるのよ！　あなたが裾を踏んだせいで、ドレスが台無しだわ！」

伯爵家の令嬢が怒鳴り散らしている相手は、黒いローブを纏った、銀色の髪の娘だった。ヘルディナは、同年代の令嬢たちの顔を全て把握しているつもりでいたが、彼女には見覚えがない。給仕だろうかと訝《いぶか》しみつつ、ヘルディナはその場に仲裁に入った。

ヘルディナの登場に伯爵家の令嬢は振り上げた拳を渋々下ろして去って行き、銀髪の娘は怯えたようにびくりと肩を震わせた。

怯えた彼女を落ち着けるように微笑みかけて名乗ると、彼女はおずおずと「クリステルです……」と鈴を転がす声で答えた。話を聞けば、彼女は何も知らずにこの学園に放り込まれた孤児だそうで、大層困惑し、憔悴《しょうすい》した様子だった。

「あなたは、『補助』の特性を持っているのね」

よくよく観察してみれば、彼女の魔力はヘルディナと同じ『補助』の特性を持つことがわかった。ヘルディナは昔ザシュにそうしたように、彼女にその力がどれほど貴重なものなのかを説明した。素晴らしい力だと説くと、彼女は大きな菫色《すみれいろ》の瞳を丸くして、銀色の髪をさらさらと流しながら首を傾げた。

「そんなにすごい力を、わたしが……？」

「ええ、すごい力よ。使ってみればきっと、あなたにもわかるはずだわ。『補助』の特性はずっとわたし一人だったから、お友達ができたみたいで嬉《うれ》しい。困ったことがあったら、いつでも声を掛けてくださいな」

ヘルディナの弾んだ声に、クリステルは頬を染めて頷《うなず》いた。無邪気な反応は新鮮で、ほんのひととき、ヘルディナに現実を忘れさせてくれた。

彼女と別れてしばらくすると、ホールに戻ってきたユリウスがクリステルに声を掛けているのが目の端に映った。

「君が……『補助』の特性を持っている子か」

クリステルは異性に慣れぬ初心な素振りで頷き、ユリウスは柔らかな笑みで彼女と話していた。クリステルの警戒心が解けてきた頃合いで、ユリウスは「自分がホールを出てしばらく経ったら追いかけてきてくれ」といったようなことを伝えたようで、戸惑う彼女を置いてホールから出て行った。ヘルディナとて本当に魔霊が現れるとは思っていないが、無関係な彼女が巻き込まれるのは忍びなく、彼の姿が見えなくなってから、クリステルに近付いた。

「あの方に頼まれても、力を貸しては駄目よ」

「え……？　あ、はい……」

こくりと頷き、クリステルは彼を追って庭に出て行った。

（本当に大丈夫かしら……？）

補助の特性を持つ者にとって、魔力を分け与える行為自体は造作もないことだ。相手が受け入れ可能な量を見極める目と、その量を制御する技術が必要だが――もし彼女が、ありったけの力をユリウスに分け与えたらどうなるだろう。

ユリウスの体は耐えきれるのか。

気がかりで、ヘルディナはパーティーを抜けてこっそりと庭に出た。

彼女は今頃、入学前夜のパーティーに参加している頃だろうか。

天井を見つめながら、ザシュは体中の息を吐きだすような溜息をついた。

馬鹿なことを言ったと思う。反省している。何を思い上がって、彼女を連れて逃げようなどと考えたのだろう。現実的ではないし、自分にはそんな力もないのに。

いくつも言葉を重ねて自分の行動を否定してみても、後悔は一向に浮かんでこない。伝えたことは全て本心だ。

カタリと隣室のドリオが動く気配を感じ取り、ザシュはベッドから下り主の元へ向かった。ガウンを纏ったドリオは、現れたザシュに苦笑して、「眠れなくてね」と酒の入ったグラスを掲げてみせた。妹がいなくなって眠れないのは大人として問題なのではないかと、ザシュの方が可笑しくなってくる。しばらく彼の話し相手を務めていると、酔いの回ったドリオが目頭を押さえ始めた。

「出発する間際の、ヘルディナの、あの寂しそうな顔……可哀想だよ‼　家にいたことなんて、ほとんどないじゃないか……！」

面倒な酔い方をしている主にやや呆れたが、ドリオはしゃくりあげながらなおも続ける。

「今朝から、ずっと……ずっとだよ……悲しそうな、寂しそうな顔をしてさ……！　本当は、行きたく、なかったんだ……！　僕たち家族から、離れるのが、嫌だったんだろうね……泣かせるよ！　どうして、君は一緒に行かなかったのかな⁉　ヘルディナが心配じゃないのか！」

「……来るなと言われました」

「はぁっ！　そんなもの、ヘルディナの強がりに決まってるよ！　あの子が、どれだけ、強がりか……ううっ……」

口うるさく言いつつもヘルディナを溺愛しているドリオから酒を没収し、ベッドまで誘導したザシュは、夢の世界に旅立とうとする主人に尋ねる。

「ドリオ様、やっぱり……ヘルディナ様の様子を見に行っても、いいですか」

意識があるのかいささか怪しい返事ではあったが、ドリオは頷いたようにザシュには見えた。着の身着のまま侯爵家を飛び出したザシュは、馬に跨《また》がり、転移門を使って学園まで夜の道を駆けた。自分にできることなど限られているのに、彼女の側にいることを放棄したら、自分には何も残らない気がした。

彼女を救いたい――自分の原動力は、ずっとそこだったはずだ。

庭に出たヘルディナは、木陰に隠れるようにしながら白い東屋に近付いていく。六人の姿が見えたそのとき、青い光が東屋の天井を突き抜けて真っ直ぐに天を貫いた。

東屋にはユリウスの肩に手を置いたクリステルの姿があり、彼らの姿をヘルディナが認識したのと同時に、体をなぎ倒すほどの突風が東屋から全方位に吹き抜けた。

壁のような植え込みに体が沈み、そのまま地面に投げ出される。風は止むことなくごうごうと吹き続け、腕で庇いながら目を開けると、闇を凝縮したような巨大な靄《もや》が東屋の上に浮いていた。ゆらゆらと揺れる炎のように闇は波打ち、ぽっかりと二つの穴が空いている。それが瞬くと、まず、ユリウスが胸を押さえて悶《もだ》え苦しみ始めた。

「ユリウス!!」

オスカーの叫び声は、ぶわり、ぶわりと脈打つような強風の轟音《ごうおん》に搔《か》き消され、彼の放った攻撃魔法は闇に溶けるように静かに消えていった。声にならない悲鳴をあげていたクリステルも搔きむしるように胸を押さえ、東屋にいる六人が、次々と同じように苦悶の表情を浮かべながら、床にがくりと倒れ込んだ。

ぶわり、ぶわりと吹く風がヘルディナの髪を攫《さら》い、宙に浮いた悪意の塊のような禍々しい気配がにじり寄って来る。ぽっかりと空いた二つの穴が、じっとりとヘルディナを見つめているようだった。このままでは殺されてしまう——恐怖が背筋を這《は》い上がったとき、心臓にナイフを突き立てられたような痛みが胸に走った。息が止まるほどの激痛に、ヘルディナは彼らと同じように胸を搔きむしりながら悶え苦しんだ。

広がっていく痛みが、ざわざわと体内を探っている。植物が大地に根を張るように、痛覚に乗って得体の知れないものが心に触れようとしているのを感じた。

『愛を寄越せ……』

幾重にも重なる声がヘルディナに囁きかける。胸を搔きむしりながら、ヘルディナは必死に歯を食いしばり、守るように体を丸めた。

『お前の、一番大切なものを寄越せ……』

暗い色の細い根が、自分の抱える大切な感情に触れようと伸びてくる。

嫌だ、とヘルディナは内なる声で叫ぶ。

この気持ちは渡さない。彼は絶対に渡さない。

『お前の、愛を寄越せ……』

（わたしが愛してるのは、ユリウス様よ……！）

ヘルディナはザシュとの思い出を自分の中の奥深くに沈め、かわりにユリウスを差し出した。差し出した感情が暗い色の根に搦《から》めとられ、それはヘルディナ自身をも呑み込んだ。


パーティーの開かれているきらびやかなホールで、ザシュはヘルディナを探した。

しかし、彼女の姿はどこにも見当たらない。ホール内にいないなら庭かと外に出てみると、風がぴたりと止まっていた。不気味な気配が夜の庭園に満ちていて、ザシュはその気配に誘われるように庭の奥へ足を踏み入れる。白い東屋と、そこに横たわる六人の男女を見たとき、ザシュは反射的に助けを呼ぼうと声をあげた。しかし、ぴたりと空間が閉ざされたようにその声は夜空に反響しただけで、ホールまで届いている気配はない。

何があったのだと庭園をぐるりと見回したザシュは、植え込みの中から覗く白い足に気が付いた。駆け寄ると、気を失ったヘルディナが地面に倒れている。

「ヘルディナ様！」

抱き起こした彼女の肌は蒼白《そうはく》で、熱を失ったように冷たかった。だが、脈はある。体を揺さぶり呼び掛けながら、ザシュは助けを求めて声の限りに叫んだ。

「ザ……」

喘ぐような声と、彼女の力のない手がザシュの服を摑んでいた。生きている。

「ヘルディナ様⁉　しっかりしてください——すぐに、助けを」

彼女を抱き上げてホールまで運ぼうとしたが、半分ほど開いた瞼《まぶた》の奥で、虚ろな目がザシュを見上げていた。彼女のふっくらとした唇が開き、掠れた声と吐息が懸命に何かを伝えようとしている。

「ま……………う……」

「魔法？　魔法ですか？」

「……り……う……」

「ま……魔霊？」

ヘルディナが頷くように目を伏せた。シャツを摑む彼女の手が開かれていき、胸にひたりと掌が触れる。彼女の手から、熱が体に染み込んでくる。異質な熱が体の中を巡っていくのはほんの数拍程度の時間で、戸惑う間もなく終わった。だが、今彼女から力を分け与えられたのだとザシュには分かった。

「あ…………な、ら…………きる……」

あなたならできる。

彼女はそう伝えている。どういうことだと問うている時間はないように思えた。ザシュが立ち上がろうとすると、彼女の手が再びシャツを摑み、抱き上げたときには彼女は意識を失っていた。

ホールに入ったザシュは、東屋を見に行くように伝え、彼女を救護室に運んだ。そこには熟練の医師が昼夜を問わず詰めていて、運び込んだヘルディナを、ザシュは縋《すが》るような思いで託した。だが、腰の曲がった白衣の老婆は「気を失っただけ」と診断し、ザシュは信用ならないとばかりに彼女を私室に運んだ。ドリオを呼べば、『浄化』できるかもしれない。

彼女の荷物から通信鏡を探していると、背後から冷たい声がザシュを呼んだ。

「何をしているの」

「ヘルディナ様！　お目覚めになったんですね」

ベッドに駆け寄り彼女の手を取ろうとしたザシュの手は、ぱしりと叩き落とされた。

「下僕がわたしに触れようなどと、汚らわしい」

淡い青の瞳は、まさしく薄氷のごとき冷たさでザシュを蔑んでいた。これまで彼女にそんな目で見られたことは、ただの一度もなかった。

「ヘルディナ様……？」

「軽々しく名前を呼ばないでちょうだい、下僕の分際で生意気な！　出てお行きなさい！」

わけもわからぬまま部屋から追い出されたザシュの足は、ホールに向いていた。そこには、東屋で倒れていたはずのユリウスたちの姿もあり、彼らは何食わぬ顔で歓談に興じていた。自分たちが倒れていた事実などなかったかのような様子は、明らかに異常だった。

導かれるように、ザシュは東屋へ向かった。

ひっそりと佇《たたず》む東屋に残っている人間はおらず、中央に設えられた台の上に、古い書物だけが開かれたまま置き去りにされていた。

魔霊召喚の方法が記されたそれを見たとき、ザシュは全てを悟った。

東屋にいた六人は、魔霊を呼び出したのだ。一人離れた場所で倒れていたヘルディナは、おそらくそれに巻き込まれ、魔霊の影響を受けている。

＊　＊　＊

目覚めたヘルディナが身じろぐと、体の上に掛けられた上掛けが、すっかり慣れた薄い布ではなく綿の詰まったものに変わっていた。

長い悪夢から目覚めたのかと思ったが、首に感じる硬い首輪の感触が都合のいい願望をすぐさま正した。ここはまだサンデル修道院だ。

「目が覚めましたか」

女の声に頷いて体を起こすと、そこは広い医務室のような場所で、静かな目をした修道女が椅子に座っていた。

「三日三晩眠り続けていたのですよ。ひどく胸を掻きむしっていましたが、どこか痛む場所はありませんか」

「はい……もう、平気です」

そう答えて、ヘルディナはぎゅっと胸を押さえた。

あの激しい痛みはもうなかったが、失った記憶と感情が戻った胸は苦しいくらいに張りつめていた。手放すものかと大事に仕舞い込んだ感情をようやく取り戻して、欠けていた心が満たされている。自分が何よりも大切にしたかったものは、彼への愛だったのに。もう会うこともできない。ぽろぽろと涙が溢れてきて、ヘルディナは両手で顔を覆った。

「どこか痛むのですか」

抑揚のない声に頭を振ると、温かな手が背に置かれた。

「あなたをお待ちの方がおいでですよ」

「え……？」

ヘルディナが顔を上げると、修道女は静かに立ち上がり、幽霊のように足音も立てずに部屋から出て行った。入れ替わりに入って来たのは、赤い上衣を纏ったユリウスだ。こつこつと響く靴音も、彼の姿も幻想のように思えて、ヘルディナは呆然とその名を呼んだ。

「ユリウス、さま……？」

「三日間も眠り続けていたそうだな。知らせを聞いて、いよいよ死ぬのかと思ったが、元気そうだ」

　酷薄な笑みを浮かべながら、彼はヘルディナのベッドに手紙を投げた。それは、ヘルディナに届けられたクリステルからの手紙だった。

「まだ懲りていないようだ。私とクリステルの邪魔をするのは、そんなに楽しいか」

　地を這うような怒りを滲《にじ》ませた声に、ヘルディナはようやくはっとする。彼の誤解を解くのは今しかない。

「邪魔など考えたこともありません！　ユリウス様、聞いてください。わたしたちが心を失っていたのは、全て――」

「魔霊の仕業、だろう？　わかっている。私も全て取り戻した。あの夜、魔霊を呼び出したことで、私たちは自分の欲望のためならば善悪の判断さえ失う人間になってしまった。人は、ああも非道になれるものなんだな、ヘルディナよ」

　そこまでわかっていながら、どうして彼はヘルディナを憎しみのこもる目で見据えているのか。

　背筋に怖気が走り、危険を察知した体がベッドの上でじりりと後退した。

「魔霊は、人の悪なる心を糧とするそうだ。遭遇した人間の心から特別に大切なものを奪い、自分の一部を雑草のように根付かせて心を蝕《むしば》んでいくのだと、王宮の古い書物にはそう記されていた。奪った感情に執着させて、生まれ出てくる悪意を糧としていたんだ。確かに、そうだったと思わないか？　私は、魔霊の声を聞いた。内から囁きかけるように、毎日私にクリステルへの想いを認めさせ、彼女との未来を邪魔する者への憎悪を募らせるように仕向けていた。お前も、魔霊の声を聞いたか？」

「え、ええ……」

自分に囁きかける悪なる声の正体は、魔霊だったのだろう。心に絡みついていた魔霊の影は今はすっかり消え去っているが、ユリウスの目はいまだ暗い感情に囚われている。魔霊の影響を今も彼が受けているのではないかと疑念が過ったが、それを確かめる術はない。彼の唇が歪み、その笑みはヘルディナの背筋を凍らせた。

「お前は私など愛していなかったのに、魔霊に私への思いを奪われたのか？　それとも、お前は王妃の座に執着するあまり、元より醜い心をより一層醜くされたということか？」

「そ、そんな……！」

「どうでもいい。お前はひどく私に執着し、クリステルを殺そうとまでした。だが所詮、そこにあったお前の想いは、愛などではない。ただの紛い物だ」

翠玉色《すいぎょくいろ》の瞳は濁り、少しの光も通さない。ベッドの上で逃げ場を失ったヘルディナに、ユリウスが手を伸ばした。

「だが、私の愛は本物だ。クリステルへの愛は、本物なんだ！」

「きゃあっ！」

ユリウスはヘルディナの髪を摑んでベッドから引きずり下ろすと、そのまま強引に歩き出した。

床の上をずるずると引きずられるヘルディナは、脚をもつれさせながら必死になって立ち上がり、髪を掴む手を排除しようと抵抗しながら彼に続く。頭の皮が剝がれてしまいそうなほど強く髪を引っ張られては、とても立ち止まることなどできない。裸足の足の裏に床は冷たく、爪先が凍り付きそうに痛む。

「ユリウス様！　やめてっ！　あなたたちの邪魔はしませんからっ！」

「もう遅い。お前たちは、取り返しのつかないことをしてくれた」

むんずと髪を摑んだまま彼は足早に歩き続ける。ヘルディナは顔を上げることもできずに、どこかもわからぬ暗い廊下をいくつも通り過ぎ、階段を転げ落ちそうになりながらも彼の後を追った。

人一人通るのがやっとの幅しかない地下通路を抜けると、外気がヘルディナの頰を撫《な》でた。鼻をつんと刺激する土の匂いと、爽やかな緑の匂いが混ざっている。木々の隙間から射す夕日が視界を赤く染め、裸足の指の間に土や枯れた草の茎がめり込み、時折尖《とが》った石が肌を刺した。痛い痛いと叫んでもユリウスは一度も振り返ることなく目的地まで足を進め、唐突にヘルディナを地面に投げ出した。

ヘルディナの体は、草木のない開けた土の上に放り出される。湿気た土の上を滑りながら、痛みと恐怖で肩で息をするヘルディナに、彼はじりじりと歩み寄ってくる。

「《聖女の首飾り》は、クリステルを認めない。何故だかわかるか、ヘルディナ。あの娘は、私の要求に応えていくらでも力を注ぐからだ。魔霊を召喚できるほどに、私の体が壊れるまで、いくらでも――――！」

「何を言って……」

「だが、それでは意味がないんだ。周囲を認めさせるには、宝珠が必要だ。馬鹿な民衆には、わかりやすい目印がなければ理解できない。俺とクリステルが結ばれるためには、宝珠が必要なんだ」

体中の毛が逆立った。

ユリウスが立ち止まった足元から、白い光が煙のように立ち上り、瞬く間にヘルディナの周囲を取り囲む。魔法陣だと気付いたときには、ヘルディナの足は白い光に搦めとられるように既に動かなくなっていた。

「お前が宝珠となれ、ヘルディナ！」

ユリウスの叫び声に共鳴して光が視界を眩《くら》ませる。

脳裏には、クリステルと見た文献の『宝珠は人間の魔力』という記述が浮かんでいたが、今更それを思い出したところで発動した魔法陣を止める手段がない。首に巻き付く魔力を封じる枷《かせ》をヘルディナは必死に引っ張って、声の限りにザシュを呼んだ。

応えるように鈍い音が響き、唸《うな》り声に次いで何かが倒れて土と落ち葉が近くで舞い上がった。視界を覆っていた白い光を割るように、彼が魔法陣の中に飛び込んでくる。

「ヘルディナ様！」

ザシュの腕がヘルディナをがっしりと抱きかかえ、二人の体は土の上を転がった。視界がくるりと反転し、きつく目を閉じたヘルディナが再び目を開いたときには、魔法陣から立ち上っていた白い光は消えていた。

先程まで自分がいた魔法陣の中には、ザシュに殴りつけられた頬を赤く腫らし、口から血を流したユリウスが呻《うめ》きながら倒れている。

その彼の胸のあたりに、コイン大の珠が落ちていることにヘルディナは気付いた。

それは、赤い夕陽にも染まらぬ鮮やかな緑色で、息づくようにきらりきらりと輝きを放っていた。

「ヘルディナ様」

呆然としていたヘルディナの体をザシュが慎重に抱き起こし、視線を合わせるように大きな手が頬を包む。赤い瞳を真正面から受け止めると、堰《せき》を切ったように感情が溢れ、ヘルディナは掠れた声で彼を呼んだ。

ザシュが腕を体に回す。息が止まるほどきつく自分を抱きしめる彼の背中に、ヘルディナも腕を回して、力の限り抱き返した。

修道院からヘルディナとユリウスを追って駆け付けたオスカーと騎士たちが到着しても、二人はしばらく抱き合ったまま、互いにようやく取り戻した温もりを噛み締めていた。

＊　　＊　　＊

その日のうちに、ヘルディナはサンデル修道院から、王都に移送された。その移送は秘密裏に行われ、事が片付くまでは王宮の離宮で休むようオスカーに命じられた。

宛がわれた離宮の一室で、ヘルディナはあちこち細かな傷を負った足の裏の手当てを受け、湯浴みをし、用意されたゆったりとしたドレスに着替えた。

ヘルディナがすっかり失いかけた自尊心を取り戻したところにやって来たのは、クリステルだった。彼女は泣きながらヘルディナに詫《わ》び、いくつもの感謝の言葉を並べていつまでもべたべたと纏わりついている。

「わたしのせいで、ヘルディナ様をひどい目に……！　わたしが、あのときヘルディナ様の忠告をちゃんと理解できていたら、こんなことにはならなかったのに……」

腰に抱き着いて泣きじゃくる彼女の髪を撫でるヘルディナは、親戚の子をあやすような心境である。

「あなたのせいではないわ。いろんなことが重なったのよ、きっと」

乙女ゲームの攻略対象たちが魔霊召喚の書物を学園で見つけたことが悪いのか、クリステルがユリウスに力を貸したのが良くなかったのか、ヘルディナが彼女をしっかり止めなかったのがいけなかったのか。どれか一つでも違ったらこうならなかったという議論は、所詮は結果論。後から文句を付けるのは簡単だ。人それぞれ良心の尺度も違うのに、常に万人にとっての最善だけを選び取って生きている人間などいないとヘルディナは思う。

（……なんて言うのも簡単よね）

とはいえ、実際のところは、ヘルディナも後悔している。

「わたしも、魔霊の影響とはいえ、あなたを殺そうとしていたのだし……それに、わたしがもっとユリウス様とうまくやれていたら……オスカー様との橋渡しができていたら、きっとこうはならなかったのよ」

溜息をついたヘルディナに、クリステルは顔を上げて慌てて首を横に振った。

「それは駄目です。だって、ヘルディナ様とユリウスが順調だったら、わたしとユリウスは結ばれなかったじゃないですか」

まだ少し涙で濡《ぬ》れた菫色の瞳がきらきらと輝いているのを認めて、ヘルディナの表情は一瞬険しくなる。

「あなた……まだユリウス様が好きなの……？」

「勿論です！　ユリウスは、わたしがいないと駄目なんです。わたしのためなら、平気で人を追い詰めて……ちゃんと側に置いて、わたしが見張ってあげないと」

想像の斜め上の成長を遂げたクリステルに言葉もないが、本人がそれでいいというのだから、ヘルディナが口を挟むことではない。

ユリウスは、生きている。

ザシュに殴り倒された彼は、自らが仕掛けた魔法陣によって魔力を宝珠として結晶化されて力を失ったそうだが、オスカーたちの懸命の救護活動により一命は取り留めた。今後、ユリウスは二度と魔法を使うことはできないが、彼の人生はこれからも続いていく。

クリステルと共に。

（まぁ、クリステルが幸せならそれでいいけれど……）

これ以上彼らの関係性に首を突っ込むと大火傷を負う気がして、ヘルディナはこほんと咳払《せきばら》いし「それにしても」と話題を変えた。

「何がどうなってわたしはここにいるの？　これからどうなるの？」

「まずは、どこから説明したらいいんでしょう……　ユリウス様は、」

頬に手を当てて考え込むクリステルは、まずハーテルダムの花祭りの後から語り始めた。

ユリウスに捕らえられたクリステルは、ヘルディナがサンデル修道院に移送され、ザシュが投獄されたことを知り、何とか現状を打破できないかと知恵を絞った。

その頃ザシュがオスカーの元に引き渡されたことを知り、彼女はオスカーに接触した。

「わたし一人ではいい案は浮かばないし、実行できる力もありません。だけど、オスカー様のお力をお借りすれば、打てる策の選択肢が増えると思ったんです」

オスカーに接触したクリステルは、そこで彼らが魔霊の討伐計画を練っていることを聞かされた。オスカーは、魔霊討伐の手助けをするようクリステルに打診し、クリステルはこれを引き受けた。

「では、あなたがオスカー様の力を増幅させて魔霊を討伐したのね？」

「いいえ、それが違うんです」

クリステルは、魔霊を呼び出すためにザシュに力を貸し、ザシュが魔霊を召喚した。魔霊の動きを封じるため配置された騎士たちを指揮し、魔霊を討伐するのはオスカーの役目と、彼らはあらかじめ役割を決めていたそうだ。

「本当は、魔霊が現れたら、わたしがオスカー様に力を貸す予定でした。でも、目の前に魔霊が現れたとき、オスカー様の持っていた《聖騎士の剣》が目覚めたんです」

《聖騎士の剣》に認められるためには、豊かな魔力と、命に代えても守りたいものと、困難に立ち向かう強い意思が必要といわれていた。オスカーは、これを全て満たしたのだろう。

「わたしは、魔霊を呼び出すのに力を使っただけでした」

ともあれ、《聖騎士の剣》で力を増幅させたオスカーや騎士たち、そしてザシュの共闘により、魔霊は塵《ちり》も残さず討伐された。

それがほんの三日前。ヘルディナが胸を痛めて倒れたときだ。

「わたしも二日は眠り続けていたんです。オスカー様も。一番早く目覚めたのがユリウスで、彼は《聖騎士の剣》に認められたオスカー様が王位を狙うと焦ったんだと思います。《聖女の首飾り》に代わる宝珠を求めて、ヘルディナ様のところに向かったみたいです——以前、わたしがブラウェで複製して持ち帰った本を、ユリウスは見ていたらしくて……」

なりふり構っていられなくなったユリウスは、ヘルディナを宝珠にしてしまおうと目論んだ。ユリウスがヘルディナのいるブラウェに向かった頃、目覚めたクリステルは彼がいないことに気付き、オスカーとザシュに報告してなんとかユリウスの足取りを掴み、今に至るというわけである。

「オスカー様には、ユリウスを殺さないようにと交換条件を提示してあります。その代わり、彼が必要としたら、わたしはいつでも『補助』の力を使うから、と。だから、わたしはユリウスとひっそりと暮らすつもりです」

（したたかになったのね、クリステル……）

目覚ましい成長ぶりに、ヘルディナは尊敬の眼差しを送る。

か弱く従順だった乙女は、しなやかな強さを秘めた女性に成長した。

それくらいでなければ、魔霊の影響から醒めたにもかかわらず、人を宝珠にしてやろうなどと狂気の策を練る男と添い遂げることはできないだろう。

「魔霊を倒してから気が付いたんですけど、わたしは魔霊の影響をほとんど受けてなかったんです。自分の大切なものや、愛が何か、あのときはまだわからなくて。だから魔霊は、その場にいた人たちが、わたしに執着するように仕向けたんだと思います。これが愛だって、わたしに教えようとするみたいに。魔霊の声は、わたしに『もっと愛されたい』と囁きかけていたんです」

オスカーや、あの場にいた他の三人の貴族子弟たちも、入学前夜以降、クリステルへの執着が生まれたと証言しているそうだ。他にも、オスカーは王位、他の三人もそれぞれが置かれている立場や使命に対する強い感情が発露するなどの異変があり、内から囁きかけてくる魔霊の声は内容が全く違ったらしい。魔霊の影響が解かれた今は、彼らも正常な状態に戻ったと確認が取れているとクリステルは語った。

「魔霊のおかげと言ったらおかしいんですけど、わたし、自分の本心に気付いたんです。孤児院で育ててもらえて、周りには仲間がいて、十分幸せだと思ってたはずなのに、本当は誰かに愛されたかったんです。誰でもいいから、って」

「誰でも……？」

「そのときは、まだ愛が何かわからなかったから。でも、今はわかります。だから、これからはユリウスと一緒にいられたら、それでいいんです」

恥じらいながらも彼への愛を口にしたクリステルに、ヘルディナの胸に温かな感情が広がった。

ある意味で、ユリウスは一番幸せな結末に辿《たど》り着いたのかもしれない。

「ありがとう、クリステル」

クリステルはどうして礼を言われているのか解せない様子だったが、出会ったときと同じように、頬を染めて無邪気に「はい」と答えた。

＊　　＊　　＊

淡い光を瞼の向こうに感じ、ユリウスはようやく目を覚ました。

薄暗い視界で、ぼんやりと橙色《だいだいいろ》の明かりが揺れる。ランプを持つ影がじっと自分を見つめていることに気付いたが、体が重く指先ひとつ動かせない。辛うじて目を細めると、影ははっとしたようにユリウスの傍に駆け付けた。

「ユリウス、目が覚めたのね？　どこも痛まない？」

「クリステル……」

ベッドの端に腰を下ろした彼女の名を呼ぶと、クリステルは安堵《あんど》したように柔らかな微笑みを浮かべ、ユリウスの頬に触れた。ほっそりとした手が肌を撫でるのが心地いい。

「大丈夫よ、ユリウス。しばらくしたら動けるようになるはずだから。やっと、全部終わったの。もう何も心配しなくていいのよ。わたしとあなたは、これからもずっと一緒」

彼女の銀色の髪がさらさらと肩から零れる。いつ見ても、その姿は美しく、ユリウスの心を癒やしてくれる。

穏やかな心地だった。

魔力を失った体はぽっかりと胸に穴が空いたように心許ないのに、これまでずっと満たされることのなかった心が温かな愛で満たされている。

魔法学園の入学前夜、彼女に出会ったとき。訓練された兵士のように素顔を見せない貴族たちとは違う、純朴な彼女に胸を打たれた。彼女はユリウスの能力を疑うことなく、ありったけの力を注ぎ込んだ。もっと早くに出会いたかったと、体に流れ込む彼女の魔力を感じながら、彼女自身に強く惹《ひ》かれた。ユリウスが求めるままに力を与えたからではない。自分を、信じてくれたからだ。

　魔霊の影響などなくとも、あのときユリウスは既に、彼女を誰にも渡す気などなかった。一番欲しいものが手に入ったのだと、ユリウスの胸は幸福で溢れていた。

　微笑む彼女の胸元で、ランプの明かりに照らされた首飾りの宝石がきらめいている。銀色の細い鎖に映える鮮やかな緑色の石は、ユリウスの鼓動に合わせ、穏やかに瞬いていた。

＊　　＊　　＊

　夜も更けクリステルが部屋から引き揚げた後、寝椅子で転寝していたヘルディナは、息苦しさで目を覚ました。ゆったりとした寝椅子で横になっているはずが、身じろぐこともできないほど体が圧迫されている。眉根を寄せながら体を見下ろすと、腰に巻き付く腕と、艶やかな黒髪が視界に飛び込んできた。

　この国では珍しい真っ黒な髪に、ヘルディナはそっと触れる。

「ザシュ」

「お目覚めになったんですね」

　弾かれるように顔を上げたザシュは、眠っていたわけではなかったらしく、すぐさま身を起こした。彼の腕から解放されたヘルディナも、寝椅子から足を下ろして座ったが、顔は上げられなかった。彼と過ごした日々や、大切に育んできた彼への感情を取り戻した今、並んで座っていることがくすぐったい気持ちになり、どんな顔をするべきか迷った。

彼に伝えたい思いは、体の奥から止めどなく湧き上がってくるが、その中でも一際強い感情は、彼への負い目だった。

魔霊の影響とはいえ、すっかり変わってしまったヘルディナを、彼は見捨てなかった。

その前夜には、彼をひどく傷付けたというのに。

濡れたような光沢を放つスカートを、ヘルディナはぎゅっと握り締めた。

「たくさん辛い思いをさせて、ごめんなさい」

「それは、どの件ですか？　魔霊に心をやられてからの一年間のことですか？　それとも、俺を愛してないと言った件ですか？」

やけに抑揚に乏しい調子で尋ねられ、彼の怒りを肌で感じた。

「魔霊が召喚されたとドリオ様に報告しても、当たり前ですけどまともに取り合ってもらえませんでしたし。事実を証明する手立てもなくて、俺は一年間、孤独でした――ヘルディナ様の冷たい目は、ちょっとクセになりそうでしたけど」

「え……？」

顔を上げると、ザシュの赤い瞳と真っ向から視線がぶつかった。

首をかしげる彼は神妙な表情を取り繕っているが、その目は笑っている。

「し、真剣に話しているのに……！」

ヘルディナが咎《とが》めるように眉を下げると、彼は堪えきれず唇から尖った犬歯を覗かせて、寝椅子から滑り落ちるようにして床に跪《ひざまず》いた。彼はスカートを握っていたヘルディナの手を両手で包み、滑らかな白い肌に静かに唇を寄せる。

「謝るのは、俺の方です。俺は何が起こったかわかっていたのに、どれだけ調べても魔霊を倒す方法も、ヘルディナ様を元に戻す手掛かりも見つけられずに、ヘルディナ様の心を呼び起こすのに一年もかかってしまいました。むしろ、長くお待たせした俺を叱ってください」

彼の声には懇願するような響きが滲んでいた。何故そうも叱られたいのか理解し難いが、ヘルディナはもう彼から自分の手を取り戻そうとはしない。

「あなたを叱ったりなんてしないわ。だけど……心を呼び起こすって、どういうこと？」

「ヘルディナ様は、卒業祝典の夜に、正気を取り戻しましたよね？　あれは、俺がヘルディナ様を呼んだことで、魔霊の影響が緩んだみたいなんです」

ザシュは、ヘルディナの手をぎゅっと握ったまま、オスカーにも同様の変化が起こったのだと説明した。

「心からの呼び掛けが魔霊の力に勝ったのだろうと、国の研究職の方が仰ってました。魔法の理論では説明できないから認めたくないけど、それ以外には考えられる可能性がないそうです」

（それって……愛の力、ということよね？）

どんな世界でも、奇跡を起こすのは魔法や科学ではないのかもしれない。

ザシュの強い思いが邪悪な魔霊の力を打破したのだと思うと、ヘルディナの胸は熱くなる。彼は魔霊の影響を緩ませるどころか、心の奥底に埋めたザシュへの想いを通り越して、前世の記憶まで引っ張り出してしまった。

「長くかかりましたけど、ヘルディナ様の言いつけ通りに、魔霊は退治しました。だからもう、どこにも行かないでください。俺を、捨てないでください」

縋りつくよう、彼はヘルディナの手に額を寄せた。

クリステルよりずっと大きな体だというのに、同じくらいか、それ以上に甘える彼を可愛いと感じる。湧き上がってくる温かな感情を噛みしめながら、ヘルディナは片手でぎゅっと彼の手を握り返し、反対の手で艶やかな黒髪を撫でた。

「ありがとう、ザシュ。頑張ってくれたのよね」

詳細に語られずとも、学園生活の一年間が彼にとってどれほど長く辛い時間だったかは察せられる。

「わたしは、どこにも行かないわ」

黒髪を撫でながらそう伝えると、ザシュはヘルディナの手に額を押し当てたまま、小さく首を横に振った。

「俺は忘れません。ハーテルダムで、ヘルディナ様は俺の手を離しました。俺を愛してると認めてくれて、一緒に国を出ようと誓ったのに」

「あれは……わたしがあなたの足手まといになると思ったからよ。あなた一人なら、逃げられたでしょう?」

「それが嫌なんです。ヘルディナ様と一緒なら、俺は死んでも構わないのに。ヘルディナ様は、すぐに俺を手放そうとする――俺への愛情が間違ってます。俺を愛してるなら、絶対に、手放そうとしないでください。二度と、離さないでください」

特殊なのはザシュの方だと思ったが、自分の手を握って縋る彼の姿は、不覚にもヘルディナの胸を高鳴らせた。心中願望を秘めていようとも、無様に主に縋る姿を晒そうとも、結局は、彼の全てが愛おしくて仕方がないのだ。

彼への愛情が、ヘルディナの胸で溢れていた。この気持ちを、もう隠す必要はない。

「何があっても、離れたりしないわ。だから、これはもう必要ないわよね」

襟の隙間から覗く黒い印を指先で辿り、ヘルディナは長らく彼を縛っていた奴隷紋を解いた。全てが解決した今、彼がヘルディナとの心中を図ることはない。奴隷紋の役目は終わった。

しかし、ザシュは跳ねるように顔を上げ、ずっと首に感じていたであろうヘルディナの魔力を探すように、自身の首をしきりに摩りながら叫んだ。

「は――どうして解いたんですか⁉」

「ど、どうしてって……もういらないと思ったからだけれど……」

「いります!　あれは、ヘルディナ様から貰《もら》った首輪だったのに――」

彼は絶望したように再びヘルディナの膝に顔を埋め、「ひどい……」と小刻みに首を振り続けている。

「え……でも、奴隷紋よ？　奴隷なのよ？　そんなもの、ない方がいいでしょう……？　それに、わたしはもうあなたから離れたりしないわ」

ひどく落ち込んでしまった彼を宥《なだ》めるように、彼の手をぎゅっと握ると、ザシュは振っていた首をぴたりと止めて、今度は小さく肩を揺らし始めた。

「いいえ、もうヘルディナ様は俺から離れられません。正式に、俺のものなので」

「え……？」

彼は話の流れを摑めずにいるヘルディナの手に、頰擦りするように唇を寄せた。

「魔霊討伐の報酬に、国王陛下が何でも好きなものをくださると仰ったので、メイエル侯爵家の引き立てとヘルディナ様を所望しました。陛下が快諾してくださったので、今日から、ヘルディナ様は俺のものです。どこにも行かせません」

ザシュの声は酩酊《めいてい》したようにうっとりとしていて、長年の夢がようやく叶ったとでもいった様子だった。呆気《あっけ》にとられ、しばらく彼の好きに手の甲に口付けを許していたヘルディナだったが、話が頭の芯まで染み入ってくると、慌てて肩を摑んで彼の体を引き起こした。

今度は、ヘルディナが叫ぶ番だった。

「魔霊討伐の報酬に、わたしが欲しいといったの⁉」

「はい。勿論」

赤い目を瞬き、それが何かと言わんばかりのザシュに、頭を抱える思いだ。

「もっと他に何かあったでしょう……！」

莫大《ばくだい》な報奨金や、土地、爵位すら望めただろうに、わざわざヘルディナを所望するとはもったいないことをした。国王は内心で大儲《おおもう》けだと思ったことだろう。

「俺は、ヘルディナ様以外は何もいりません」

真っ直ぐに見つめられ、頬が熱を帯び、気恥ずかしさのあまり逃げ出したい衝動に駆られたが、ヘルディナは彼から目を逸らさなかった。ザシュの薄い唇が緩やかな弧を描き、伸びあがるようにして彼の体が迫ってくる。

「全部、思い出したんですよね？」

今にも唇を奪われてしまいそうな距離まで詰め寄られ、ヘルディナは寝椅子に手をついて、体を後ろに倒していく。二人の間に流れていた空気が、甘やかに色付いている気がした。

「お……思い出したわ。だけど、あなたがいつわたしの従者に戻ったのかは、わからないままだけれど……」

「それは、ヘルディナ様が魔霊の影響でおかしくなったので、ドリオ様に願い出て、ヘルディナ様の側にいられるようにしたんです」

ヘルディナの知らぬところで話は進んでいたわけだ。あのときのヘルディナの頭の中にはクリステルとユリウスのことしかなく、いつの間にか側にいたザシュの存在など、気にも留めていなかった。

寝椅子の上に彼が乗り上がり、座面が軋《きし》む。じりじりと彼の体が近付くにつれて鼓動が跳ねて、ヘルディナは必死に次の問いを探した。

「そ、それに……わたしの檻から、いつもどうやって抜け出しているの？」

「力をくれたのは、ヘルディナ様ですよ。俺の力に混ざるヘルディナ様の力に反応して、鍵は簡単に開いてくれました――今度は、俺から質問してもいいですか？」

「な、なぁに？」

「どうして魔霊の弱点を知ってたんですか？」

口をぽかんと開け、固まったヘルディナは、しばらくしてからやっと彼が何の話をしているのかを解した。

「あなた、わたしの引き出しを勝手に見たのね！」

領地の別邸に戻った翌日、ヘルディナは今後の対策としてユリウスルートのキーを紙に書き出した。その中に、「魔霊の弱点、光」と書いていたのだ。しかし、勝手に主人の引き出しを詮索した本人は、悪びれるふうもなく頷いている。

「はい。それに、ブラウェ地区に出現した水棲《すいせい》の魔物の弱点も、あの人がハーテルダムの視察で何をする気なのかも、ヘルディナ様はご存じでしたよね？　どういうことですか？」

（どうしよう……）

前世でプレイした乙女ゲームの知識だなどと言えるはずがない。

「み……、見えたの。未来が！　一時的に、『恩恵』の力が目覚めたみたいに！」

ヘルディナの『補助』やドリオの『浄化』と同じ特性の『恩恵』は、先を見通す力のことで、能力の個人差が特に大きい。高精度の天気予報や災害予知、人の死期まで見通せる人間もいれば、せいぜい「勘のいい人」程度に留まる場合もある。

「でも、特性は普通、一つしか授からないですよね？」

「普通はね。きっと、愛の力よ。あなたを守りたくて、一時的に、力が目覚めたんだわ。だって、ほんの一瞬、見えたんだもの。今は、もう全然先のことなんて見えないけれど……」

押し通せただろうかと、ヘルディナは上目遣いに彼を窺う。

ザシュは怪訝《けげん》そうな目をしていたが、「そういうことにしておきます」と唇の端を引き上げた。

「ヘルディナ様のあの覚え書きのおかげで、魔霊を退治できたわけですし。魔霊の弱点なんて、誰も知りませんでしたから。だけどもう、終わったことですよね？」

「そう、終わったことよ」

この先は、ヘルディナも知らない未来だ。この先にどんな困難が待ち受けているのかは、そのときになってみなければわからない。

しかし、その運命の呪縛から解き放たれた実感は、ヘルディナの心を弾ませた。

淡い青の瞳が希望にきらきらと輝き、頬がにわかに紅潮していく。それを捉えながら、ザシュがヘルディナの頬に触れた。

「ヘルディナ様。俺を、愛してますよね？」

耳がじんと熱くなるほど照れくさい思いだったが、ヘルディナは素直に「そうね」と答えた。ザシュは満足そうに眼を眇《すが》め、彼の腕がついにヘルディナの体をぎゅっと引き寄せる。体は既にぴたりと密着しているのに、まだ足りないというように、背中に回った腕に力が込められて、彼の胸板に乳房が押しつぶされた。しかし、その腕の中にいられる今を、ヘルディナも幸せに感じている。

「ヘルディナ様」

「……な、なぁに」

「魔霊討伐まで手伝った俺に、ご褒美をください」

背中のリボンがするりと解かれ、返事もしていないのに彼の唇が重ねられる。唐突な口付けにヘルディナはびくりと体を震わせたが、柔らかな感触と、彼の匂いに心が蕩《とろ》けた。

思いが通い合ってから、これが初めての口付けだ。幸福感が頭の芯まで痺《しび》れさせ、強張っていた体から余計な力が抜けていく。

重なった唇から伝わる彼の気持ちに応えるように、ヘルディナからも口付けを送ると、ザシュは凍り付いたようにぴたりと動きを止めた。

「……今の、もう一回してください」

鼻先が触れ合ったまま強請る彼に、ヘルディナは一瞬眉を顰《しか》めたものの、結局抗えずに自分から唇を重ねた。ほんの数拍触れ合わせただけですぐに離れ、窺うようにそろりと目を開けると、甘い光を湛《たた》えた彼の赤い双眸《そうぼう》が、じっとヘルディナを捉えていた。

「ヘルディナ様……死ぬほど会いたかった……」

「ん……わたしも、会いたかったわ……」

満足げな笑みを刻んだ彼の唇が、またヘルディナのそれに重なる。柔らかな感触を触れ合わせるだけだった口付けは、次第に深く貪るものに変わっていく。舌を絡ませ、粘膜を擦れ合わせながら、ヘルディナは何度も甘い吐息を零した。

「ん……ふ、ぁ……」

こんな場所で彼を受け入れるべきではないと呼び掛ける理性より、愛する人に求められる悦びが勝っている。彼を拒む気持ちは微塵もなかった。媚薬《びやく》に溺れたあの夜よりも、自分の内側がとろとろと濡れていくのを感じ、ヘルディナはぎゅっと彼のシャツを摑んだ。

「どうしたんですか。早くしろって、せがんでるんですか？」

「ち、違うの……ちょっと……気持ち、よくて……きゃっ！」

ヘルディナの体から、勢いよくドレスが引き抜かれる。ザシュもベストとシャツを脱ぎ捨て、口付けながら、ヘルディナは寝椅子の上で彼に組み敷かれた。

「俺を殺す気ですか……それはそれで、いいですけど……」

彼の裸の上体が、ヘルディナの肌着越しに密着している。服を着て抱き合っていたときよりも、彼の熱や鼓動がはっきりと伝わり、存在を噛みしめるように体を撫でる大きな手からも彼の欲情を感じ、ヘルディナの体も火照っていく。

腰から這い上がった彼の手が肌着の胸元を開けさせ、優しく乳房を包み込んだ。

「ヘルディナ様の体、いつもより熱いですね。ここも、もう硬い……」

「あ、あっ……」

長い指が、勃ちあがった胸の先端を押し潰す。胸から腰へ甘い痺れが駆けていき、ヘルディナは甘い声をあげて彼にしがみついた。金色の髪を撫で、額や頬に口付けを落としてから、ザシュは体をずらしてヘルディナの首筋や鎖骨を貪り始めた。肌着は胸の上までたくし上げられ、しっとりと濡れた唇が露わになった肌を這い、それは少しずつ下へ向かっていく。胸を揉《も》みしだき、時折その頂を擦る指に代わる感触が思い出されて、ヘルディナの腰は意図せず揺れた。

「ここも、俺のものですよね」

「あ、ぅ、あぁ……！」

胸の先端を彼の舌が濡らす。ヘルディナの体がびくりと跳ねて、揺れた胸を押さえこむように手で包みながら、ザシュは反対側の胸の先端に吸い付いた。そこから与えられる快感は、腰の内で溜まった熱を全身に巡らせ、ヘルディナを更に悶えさせる。ハーテルダムの宿のベッドよりも狭い寝椅子の上で、しきりに布地を掻《か》くヘルディナの足が、彼の手にそっと押し広げられる。秘部に伸びた指が溢れ出した蜜を絡めるように花弁を辿り、いやらしい水音が耳に届く。

「こっちも、俺のもの……そうですよね、ヘルディナ様」

蜜口に沈み込んだ指が、わざと音をたてるように内側を掻き乱し始めると、ヘルディナは息を乱して喘いだ。

「ヘルディナ様……」

陶然とヘルディナを呼び、ゆっくりと蜜道を解しながら、この体は全て自分のものだと刻み付けるように、彼は全身に唇を落としていった。腹部や臍《へそ》、腰骨を辿っていき、彼の体を抱えるように開かされていた足が、更に大きく押し広げられる。彼の黒髪が、その中心に向かって下りていくのを認めて、ヘルディナは息を呑んだ。

「そ、それはだめっ……！」

暴かれた秘部を隠すように手を伸ばし、体を丸めるように膝を折って足先を彼に向けた。しかし、ザシュは眼前に揺れるヘルディナの足首を片手で掴むと、ふっと笑ってその爪先にも唇を押し当てる。

「な、なにして……んんっ……」

爪先にキスをされるなど信じられない思いで、咄嗟《とっさ》に足を取り返そうとする。だが、彼の唇が小指の付け根を擽《くすぐ》ると、経験したことのない感覚に体が固まった。ぞわりとするような、それでいて――

「もしかして、ここも気持ちいいんですか」

彼の赤い舌が、ヘルディナの足の指の間に差し込まれる。そんなところから快感を覚えるはずがない――ヘルディナはきつく唇を噛みしめた。しかし、温かくも濡れた舌がねっとりと指の間を埋め、口内に含まれた指先が舐《ねぶ》られると、体が震えた。柔らかな舌が指の腹や付け根で蠢《うごめ》くのは、くすぐったさに似た淫猥《いんわい》な感覚を呼び起こし、ヘルディナの喉を鳴らした。

「あ……あ、ぅうっ……そんな、ところ……や……」

足の指を愛撫しながら、彼の手が秘処に触れる。そこは蜜を滴らせ、彼の指を難なく受け入れている。何が嫌なものかというように、彼の指がわざと音を立てながら隘路《あいろ》に抜き差しされ、腹側に折り曲げられた指が蜜壁を擦る。全身に甘美な波が広がっていき、ヘルディナは金色の髪を散らして乱れた。

「あ、あっんんっ……あぁっ……」

彼の手の動きに合わせて、悶えながら声をあげる。体の内側に火が点いたように熱が込み上げ、額がじっとりと汗ばんでいた。彼の赤い目に見つめられたまま、快感の波にさらわれてしまいそうで、必死に首を横に振って彼に手を伸ばす。彼の口内できゅっと足先を曲げると、尖った犬歯を指に立てられて、荒い息と共に足が放り出された。

「ヘルディナ様……いつからこんないやらしい体になったんですか。足の指を舐められてよがってるなんて」

欲望に染まった彼の声に、蜜口が微かに震える。揺れる胸に貪りつかれ、ヘルディナは彼の髪に指を差し入れてしがみついた。腰の内に溜まった熱が、今にも弾けてしまいそうだ。張りつめた乳房の尖りを舐られ、媚肉が彼の指にねっとりと絡みついて限界を知らせる。

「ヘルディナ様、もっと乱れてください」

自身の漲《みなぎ》りを取り出したザシュが、それを花芯に押し当てる。媚肉を押し広げながら侵入してくる熱を待ちわびていたように、ヘルディナの肌はざわりと粟立《あわだ》ち、内に呑み込んだ圧倒的な質量が最奥に到達すると、瞼の奥で星が散った。

「あっ、あぁぁっ……！」

がくがくと震えながら達したヘルディナの腰を摑み、ザシュは腰を動かし始めた。

「や……まって、まだっ……あっ、あああっ……！」

「待てませんよ。ヘルディナ様を愛してるのに……」

ヘルディナの体を揺さぶるように、彼は腰を打ち付けてくる。絶頂に押し上げられたばかりの敏感な体に深く自分を刻み込むような抽送に、呼吸もままならない。腰を摑んでいた彼の手が膝にかかり、最奥の更に奥を目指すように大きく足を開かせる。

「ヘルディナ様……ヘルディナ様も、俺を、愛してますよね……」

「あっ、ああっ……んっ、ぁ、ぁあっ……！」

返事をする隙さえ与えずに、肉杭《にくくい》はヘルディナの内側を掻き乱す。揺れる乳房に手を伸ばし、きつく揉みしだきながら、ザシュは赤い瞳でヘルディナの全身を撫ぜていった。

「ヘルディナ様……俺の子を孕《はら》んでください……そうしたら、ヘルディナ様は二度と俺から離れられなくなる……」

胸に秘めてきた願望を零すような声にぞくりと背筋が震え、また快感が急速に膨らみ始める。ヘルディナはザシュに手を伸ばし、彼を呼んだ。

「ザ、シュ……！」

「ヘルディナ様……」

身を折った彼の胸板が、ヘルディナの揺れる乳房を押しつぶす。触れ合った肌はどちらも汗が浮かんでいて、彼の匂いと混ざり合って胸を満たした。ザシュの長い黒髪が肩口を擽り、抱き締められた彼の背に、ヘルディナもしがみつくように腕を回した。

「あっ、あぁぁっ、ザ、シュ……！　またっ……」

「ヘルディナ様……！」

抱き合ったまま、二人はほとんど同時に果てた。

荒い呼吸を繰り返しながら、二人は間近で見つめ合う。

彼の燃えるような赤い瞳の中には、ヘルディナしか映っていない。ヘルディナの目もまた、彼しか映していなかった。

密着した胸から伝わる鼓動や、鼻先で交じり合う吐息。愛する人の存在を全身で感じながら、互いの愛情を確かめ合うように、二人は満たされた気持ちで唇を重ねた。

エピローグ

暇を持て余したヘルディナとザシュによって手入れされた庭は、芝も植込みも短い夏に青々と色付き、久々に別邸を訪れたドリオを驚かせている。

庭に設えたガーデンテーブルで、ヘルディナとザシュは、王都から戻ったばかりのドリオの話に耳を傾けていた。

「――というわけで、オスカー殿下の立太子の儀は、それは盛大だったよ」

ヘルディナたち魔法学園二十期生を巡る騒動は、静かに幕を下ろした。

魔霊の討伐は国中に広められ、立役者であるオスカーは今や国の英雄となっている。《聖騎士の剣》に認められた彼が王位を継承することに異論を唱える者はいなかった。

その裏で、悲劇の王子の存在に、国民は心を痛めている。

ユリウスは魔霊の影響で重篤な病に侵され、力を失った。これからは、後方から異母弟を支える――そう表向きには公表されている。

魔霊が魔法学園で召喚されたことは、伏せられていた。魔物が召喚できるなどと国民が知っては、いらぬ不安を煽《あお》るだけだ。何よりも、魔霊を召喚したのが王族とあっては、王家の威信を揺るがしかねない。

二十期生の一部に起きた異変の真相は、これからも永遠に封印されることとなる。

しかし、事の発端となる騒動が伏せられている限り、ヘルディナが魔法学園でクリステルに働いた凶行について回る理由は嫉妬だ。いずれヘルディナの醜聞は下火になるだろうが、現段階では、人々はまだ忘れていない。

だがそれは、ヘルディナにとっては些末《さまつ》なことだった。

「それにしたって、ヘルディナだけが悪者として扱われるのは納得がいかないよ」

三角眉を吊《つ》り上げているドリオに、ヘルディナはくすりと笑った。

「お兄様、これは皆で相談して決めたことですし、もう終わったことです。それに、社交界には疲れましたから」

ヘルディナの心は決まっていた。

これからは、ザシュと二人で生きていきたい。貴族として自分の使命に縛られ続けるよりも、一人の人間として、幸せな日々を送りたい。

その気持ちは、ドリオにもようやく伝わったようだった。

ヘルディナが使用人のごとく後ろに控えるザシュを振り返ると、ドリオは大きな溜息《ためいき》をつき、胸元から取り出した折りたたまれた紙をテーブルに置いた。

「……わかった、わかったよ」

開けてみるよう視線で促され、ヘルディナは真っ白な紙を開く。

それは、ヘルディナとメイエル侯爵家の絶縁を認める父からの通達文だった。

「これは……お父様が、認めてくださったのですね⁉」

「僕は納得したわけではないけどね！　でも、父上は、いつまでも君たちがここで暮らしているより、望み通りに旅立たせてやるのも親心だと思ったようだよ」

ヘルディナは、領地に戻ってすぐにメイエル侯爵家との絶縁を父に願い出ていた。

ザシュが二度も言ってくれたように、この国を出て、どこか遠い地で暮らそうと二人で決めたのだ。

ヘルディナの父と兄は長く首を縦に振ってくれなかったが、この書状でヘルディナたちはようやく自由になれる。ヘルディナがザシュを振り返り、二人が手を取り合うと、ドリオは椅子を跳ね飛ばさんばかりの勢いで立ち上がった。

「だけど！　条件があるよ。これだけは、どうしても、譲るつもりはない！」

いつになく強い調子で宣言したドリオは、ザシュを真っ直ぐに指差した。

「ザシュ！」

「はい、何でしょうか」

ザシュの動じぬ返答に、ドリオはくしゃりと顔を歪《ゆが》めた。その目がみるみるうちに涙の膜に覆われていく様に、ヘルディナはぎょっとした。

「国王陛下からの下賜を願い出るなんて、失礼な話だよ！　そんな関係を、僕は到底容認できない！　僕の可愛い可愛い妹を国の外に連れていくと言うなら、せめて！　ヘルディナを生涯苦労させず、裏切らず、この世界の誰より愛し大切にすると、ネドラントの神に誓ってからにしてもらおうか！」

涙と鼻水を流しながら叫ぶ威厳のない兄に、ヘルディナはそっとハンカチを差し出し、ザシュは間髪入れずに「わかりました」と答えていた。

どのみち、ヘルディナたちは、国を出たら異国で夫婦になろうと相談していた。

この国で正式な手続きを踏むと、形式上は身分あるヘルディナにザシュが婿入りするかたちになるため、先延ばしにしていたに過ぎない。

二人の気持ちは、既に揺るがぬほど強く結びついている。

いつまでも泣き止む気配のないドリオを余所に、二人は手を取り合い、ようやく全てが手に入る喜びを噛《か》み締めていた。


ドリオが『恩恵』の特性を持つ知人を頼り、二人は最良の門出を迎えられる日を選んだ。

それは、よく晴れた、爽やかな秋の日だった。

侯爵領の小さな教会で、ヘルディナとザシュは身分のない一介の町民として、ささやかな式を挙げた。

ネドラントの王国の花嫁の象徴である白い花冠を頭に乗せたヘルディナは、町娘のような装いで、ザシュも飾り気のない衣類を纏《まと》っている。二人を見守る立会人たちの方が余程立派な装いだったが、当の本人たちは気にも留めていなかった。

窓から射す日差しに照らされながら、ネドラント国教の定める手順に則り婚姻誓約書に署名した二人は、晴れて神と国に認められた夫婦となった。

メイエル侯爵家の自慢の庭で歓談する人々を窓から見下ろしながら、ヘルディナは最後の荷物を使用人に託した。

「荷物は全部まとめられましたか？」

部屋に入ってきたザシュに、ヘルディナは「ええ」と頷《うなず》いてみせる。

「持って行きたいものは、こっちにはほとんどなかったもの。それに、大荷物では旅に出られないでしょう？」

「そのために荷馬車にしたのかと思ってました」

二人はこのあと、集まった立会人たちと挨拶を交わし、すぐにこの地を発つ。

旅の足に二人が用意したのは、二頭立ての、幌《ほろ》のついた荷馬車だった。

「違うわよ。年中雨が降っているような国もあると聞いたから、屋根がある方がいいと思ったの。雨宿りできる場所もないところで足止めされる可能性だってあるもの」

「普通の馬車にすれば、ヘルディナ様の乗り心地も良かったのに」

「わたしは、もう侯爵家の娘ではないの。あなたと同じ、ただのヘルディナよ。わたしだって、あなたと交代で手綱を握るし、雨にも濡《ぬ》れるわ」

ヘルディナがつんと顎を上げると、ザシュの手がその顎を捉えて更に上向かせた。

「俺にとっては、永遠にご主人様です。主を雨ざらしにはしません」

当たり前のように唇を重ねてくる彼には、主人への畏敬の念はまるでないように感じられる。だがそれを、ヘルディナは心地よく感じていた。

階下で自分たちを待つ人々の気配を感じながら、二人はほんの少しだけ、甘い口付けを交わした。

荷馬車の準備がほとんど整うと、ヘルディナたちの見送りに集まった人々も侯爵邸の前に集まった。

しばしの歓談を楽しんだヘルディナたちと見送りに集まった彼らの間には、別れのとき独特の、祝福と寂しさの混じった空気が流れていた。

それは、実際に涙を流している人がいるためかもしれない。

「あなたの花嫁姿を見られて、よかったわ」

オースルベーク公爵に並んだアナベルは、涙を浮かべながらヘルディナに手を伸ばした。抱擁を交わすと、彼女が抱える花束の清楚《せいそ》な甘い匂いが肺を満たし、ヘルディナの方まで目頭が熱くなる。

「元気でね。いつでも帰っていらっしゃい。わたしたちは、いつまでもあなたたちの味方です。忘れないで」

アナベルから花束を受け取ると、花束には金色の鎖が巻かれていた。金貨の縫い留められたリボンの花束は、ネドラント王国の母から娘への餞別《せんべつ》の習わしだ。アナベルが自分を娘のように思ってくれている実感に包まれ、ヘルディナはもう一度彼女の背に腕を回した。

「国に戻ったときには、真っ先にご挨拶に参ります」

「待っていますよ」

ヘルディナは彼女に教えられた通りに淑女らしく礼を返すと、完璧な礼が返ってくる。流れるような所作で、ヘルディナはアナベルたちの隣に立つオスカーにも腰を落として礼の姿勢を取った。

「畏まってくれなくていい。今日は俺もお忍びだ」

多忙な政務の合間を縫って足を運んでくれたオスカーとシーラは、相変わらずひどい隈《くま》を作っていた。通信鏡で出立の挨拶を入れたときよりも更に疲弊した様子で、ヘルディナは思わず二人に手を差し出した。

「え……？」

「別れの握手か？」

オスカーがヘルディナの手を取ると、戸惑いを浮かべたシーラもそれに倣った。

二人の手を握ったヘルディナは、掌から彼らに微量ながら力を注ぎ込む。根本的な解決にはならないが、疲労感はやわらぐはずだ。

二人の隈がみるみるうちに回復していくと、オスカーがくっと喉を鳴らす。

「出て行くなんて言わず、いつまでも国に尽くしてほしい。今からでも遅くない、考え直してくれないか？」

「謹んでお断りいたします」

彼の声音から冗談だと悟ったヘルディナがきっぱりと断言すると、その様子を隣で見守っていたクリステルがくすくすと笑っていた。

「オスカー様、フラれてしまいましたね」

「連敗だよ。ヘルディナの夫にもフラれたばかりだ」

オスカーは、ザシュの力を高く評価し、再三騎士団に身を置かないかと勧誘していたが、遂にザシュは首を縦に振らなかった。話題に上ったザシュは、馬車の最終確認に入っていて、こちらをちらとも見ていない。全く未練のない様子に、オスカーは肩を竦《すく》めた。

「騎士団は就職先として、悪くないと思うんだが」

「オスカー様より、ヘルディナ様の方がいいんですよ。ね、ヘルディナ様」

首を傾けたクリステルの銀色の髪がさらさらと流れる。

ユリウスを檻《おり》に繋《つな》いで駆け付けたと語ったクリステルは、最後に会ったときと変わらぬ元気そうな様子だった。彼女とは通信鏡で定期的に連絡を取っているせいか、あまり久しぶりといった気はしなかった。

ユリウスも、穏やかに過ごしていると彼女はよく話している。彼女の幸せそうな様子からして、二人はうまくやっているのだろう。

彼女はにっこりと微笑み、ヘルディナに黒い袋を差し出した。

「これは、わたしから。ティルザから聞いたんです。ヘルディナ様は、黒い布に赤いリボンをあしらった小物を好んでいらっしゃるって」

（そんな話…………したわ……）

ブラウェ地区で、確かにそんな話をした。ティルザはよく覚えていたものだ。

「何でも、好きな方を表した色合わせになっているんですよね？」

クリステルとオスカーに向けられる微笑ましい眼差しに、ヘルディナの頬は熱を帯びる。振り返って馬車を窺《うかが》うが、ザシュは相変わらずこちらには向いておらず、聞こえていない様子だった。

「ありがとう。大切に使うわ」

ヘルディナはクリステルが作った可愛らしい巾着袋を受け取り、ふと中に小石のようなものが詰められていることに気付いた。口を広げて中を見てみると、真っ黒な厚手の布地の中で、射し込む陽光に照らされた宝石がきらめいていた。

「それは、俺からの餞別だ。困ったら、それを路銀にしてネドラントに戻ってくるといい。君たちをいつでも歓迎する。真に国を救ったのは、君たちの方だ」

「そんなことはありません。オスカー様が国を守ったのです——でも、これはありがたくいただいておきますし、生活に困ったら、迷わずオスカー様に集《たか》りに伺います」

「歓迎する」

その一言は、冗談ではなく、彼の強い思いが込められていた。

彼の歓迎は心強い。彼が王位に就く頃には、きっとヘルディナを取り巻く噂《うわさ》は収束していることだろう。この国に戻ってくるかどうかはわからないが、戻って来たときには、必ず彼に挨拶に行こうとヘルディナは心に決めた。

「また、旅先から連絡してくださいね。そして、いろいろな話を聞かせてくださいね。通信鏡を肌身離さず持っていますから」

「わかったわ。あなたも、元気でね」

クリステルと抱擁を交わす。どうしてだか、彼女との縁はまだまだ続いていくと確信が持てた。これからも、彼女はヘルディナにとって、大切な友人として関係は続いていくのだろう。

涙を浮かべる父と兄とは、言葉もなく長く抱き合った。

言葉がなくとも、二人がどれだけ自分を愛してくれているかをヘルディナは感じ取ることができた。二人の温もりが胸の奥まで染み入り、ヘルディナはまたいずれこの国に戻ってきたいと初めて思った。

見送りの彼らに手を振って、ヘルディナはザシュが手綱を握る荷馬車に乗り込んだ。

彼の座る御者台の隣に腰を下ろすと、ザシュがヘルディナの顔を覗《のぞ》き込む。

「もういいんですか？」

「ええ。挨拶は終わったわ。行きましょう」

これ以上ここにいては、ヘルディナの涙腺がもたない。赤く色付いた目尻を、ザシュは指先でそっと撫《な》でてから、馬を出した。

馬車がゆっくりと進み出すと、ヘルディナは門を振り返り、彼らが見えなくなるまで手を振り続けた。

屋敷が遠くなり、舗装された道の周囲の景色が、家屋から木々に変わっていく。

街の気配が遠くなり、ヘルディナが落ち着いて前を向くと、ザシュはまた隣から顔を覗き込んでくる。

「寂しくないですか？」

「寂しくないわ。あなたがいるじゃない」

ヘルディナが御者台の背に体を預けると、ザシュはくしゃりと歯を覗かせて笑い、ヘルディナの唇に素早く口付けた。

先程まで感じていた寂しさは、彼の熱で溶けていく。

「さぁ、どこに向かいますか？　真っ直ぐ南下しますか？」

「どうしようかしら。全くの無計画で出て来てしまったものね」

行先を決めずに出てきたのは、方々見て回りたいとヘルディナが言ったからだ。

いずれどこかで定住するとしても、まずはいろいろな国を訪れて、知らないものをたくさん見てみたい。この世界は、不思議に溢《あふ》れているのだから。

一人で冒険するには怖い世界も、彼と一緒なら怖くない。

「だけど、やっぱり暖かい国に行ってみたいわ。あなたが連れて行ってくれると言った場所だもの」

「それなら、まずは国を出るところから始めますか。問題はその次ですよね。ヘルディナ様、地図を広げてください」

ヘルディナは、荷台に詰め込んだ荷物の中から地図を取り出し、ザシュと自分の前に広げた。ネドラントは大陸の北側に位置する国だ。南には、まだいくつも国があり、そのずっと向こうには、広大な海が広がっている。

ヘルディナは、まだ見たことのないこの世界の海に思いを馳《は》せた。

「そうだ、竜の棲《す》む谷は？　本当にいるか知らないけれど、確か南の方のおとぎ話にあったわよね？」

「ありましたね。確か、海のある国が舞台のおとぎ話でしたよね」

二人の視線は同時に地図に注がれ、海辺の国の上を辿《たど》った。

「場所はわかりますか？　国の名前だけでも」

「全然覚えてないし、おとぎ話に国名が出ていたかどうかも怪しいわ……。そんなところがあるという知識だけよ……」

ヘルディナが申し訳なさそうに言うと、ザシュが肩を揺らして、しばらく二人はけらけらと笑い合った。

「人に聞きながら進めば、そのうち着くんじゃないですか。とりあえず、南下しながら誰かに聞いてみましょう」

「そうね。かなり無計画だけど……それでいいのよね？」

前を向くザシュの横顔に尋ねると、彼は「いいんじゃないですか」と言ってから、ヘルディナに身を寄せた。赤い瞳がじりりと迫り、手綱から離れた片手がヘルディナの顎を捉える。さっきよりゆっくりと重なった唇を、ヘルディナは拒まなかった。

これからは、彼と離れたりしない。

再び前を向いたザシュにぴたりと肩を寄せ、二人はくすくすと笑い合った。

「だけど、あなたはこれでいいの？　目的地は、海のある国よ。とても遠くまで行こうとしているのよ？」

ザシュは薄い唇から尖《とが》った犬歯を覗かせて、ヘルディナにちらりと赤い目を向けた。

「どこまでもお供しますよ」

わかりきったことを聞くなと言いたげな目に、ヘルディナの心は弾む。

真っ直ぐ続く道の先を、二人は並んで見つめていた。

心中でもなく、駆け落ちでもなく、二人はようやく自由な未来を摑《つか》み取った。

ヘルディナとザシュの幸せな旅は、始まったばかりだ。

あとがき

こんにちは。御影りさです。本著をお手に取っていただき、ありがとうございます。

三冊目の書籍となる本作を刊行していただける運びとなり、身に余る光栄に喜びを噛み締めております。

皆様の中には、「あとがき」とは本編の作業が全て終わってから書くと思っている方がいらっしゃるのではないでしょうか。私は自分がこうしてあとがきを書く立場になるまで、ずっとそうだと信じていました。しかし、実際のところは違うのです。まだ作業は残っていて、あれはどうしよう、これはどうなるんだろうと頭の片隅で考えながら、さも全ての作業が終了したようなふりをして「あとがき」をせっせと書いているのです。少なくとも、私の場合はそうだったりします。

というわけで、絶賛作業中の現場からお送りしております（笑）。

さて、「乙女ゲームの悪役令嬢転生モノを書いてみたい！」と思い立ち、プロットを提出して執筆を開始したのは、去年の暮れのことでした。こういったライトノベルで指す乙女ゲームは実際のそれとは異なると理解しているのですが、個人的な本家界隈への多大なるリスペクトもあり、やっぱりめいっぱい世界観に凝りたいという思いがありました。実際の乙女ゲームは、世界観や設定がすごく凝っている作品が数多く存在するのですよ。

そんなこんなで、剣と魔法の世界を舞台に、前半はザシュとヘルディナのイチャイチャをたっぷり書かせていただきました。中盤からはなんだかんだと事件もありましたが、前世でザシュガチ勢だったヘルディナと、ご主人様ガチ勢のザシュが幸せになるまでを書けて楽しかったです。全てが片付いて国を旅立った二人ですが、ヘルディナは基本的に情に篤い人間なので、子供たちを連れて里帰りして、皆に元気な顔を見せて回ることでしょう。

素敵なイラストを付けてくださったのは蜂不二子先生です。ザシュがどの角度から見ても完全な美形で、ラフやイラストが届く度にうっとりいたしました。監禁されて喜んでいる男がこんなにかっこいいなんて……と、イケメン無罪という言葉が何度も過りました。蜂先生、素晴らしいイラストを本当にありがとうございました。

そして、お手に取ってくださった読者様。初めての書き下ろし作品ということで緊張もあったのですが、思い切って自分の萌えをたくさん詰め込みましたので、どこかひとつでもキュンとしたり、ワクワクしたり、楽しんでいただけることを願っております。ご感想などありましたら、お聞かせいただけたら幸いです。

本著に関わってくださった全ての皆様に、心からの感謝を込めて。

兎山もなか――
異世界で愛され姫になったら現実が変わりはじめました。

吹雪歌音――
舞姫に転生したＯＬは砂漠の王に貪り愛される

葉月クロル――――――――――――――――――――――――――――――――――――――
異世界の恋人はスライム王子の触手で溺愛される

日車メレ――――――――――――――――――――――――――――――――――――――
墓守公爵と契約花嫁　ご先祖様、寝室は立ち入り厳禁です！

真宮奏――
狐姫の身代わり婚 ～初恋王子はとんだケダモノ!? ～

御影りさ――――――――――――――――――――――――――――――――――――――
少年魔王と夜の魔王　嫁き遅れ皇女は二人の夫を全力で愛す
次期国王の決め手は繁殖力だそうです

椋本梨戸――――――――――――――――――――――――――――――――――――――
怖がりの新妻は竜王に、永く優しく愛されました。

〈ムーンドロップス〉好評既刊発売中！

青砥あか
29歳独身レディが、年下軍人から結婚をゴリ押しされて困ってます。
愛玩調教 過保護すぎる飼い主の淫靡な企み

イシクロ
偽りの吸血姫が本物になるまで　身代わり処女は甘い楔に啼く

踊る毒林檎
喪女と魔獣　呪いを解くならケモノと性交!?

かほり
魔界の貴公子と宮廷魔術師は、真紅の姫君を奪い合う
～私のために戦うのはやめて!!

君想ロミヲ
騎士団長は処女魔王を絶頂に染める

葛餅
数学女子が転生したら、次期公爵に愛され過ぎてピンチです！

怜美
身替り令嬢は、背徳の媚薬で初恋の君を寝取る

白花かなで
復讐の処女は獣人王の愛に捕らわれる

月乃ひかり
宮廷女医の甘美な治療で皇帝陛下は奮い勃つ
軍神王の秘巫女【超】絶倫な王の夜伽は激しすぎます！

天ヶ森雀
魔王の娘と白鳥の騎士　罠にかけるつもりが食べられちゃいました
気高き花嫁は白銀王の腕で愛欲に震える

当麻咲来
王立魔法図書館の［錠前］に転職することになりまして
王立魔法図書館の［錠前］は淫らな儀式に啼かされて
失神するほど愛されて　悪魔は聖姫を夜ごと悦楽に堕とす
王立魔法図書館の［錠前］は執愛の蜜獄に囚われて

才川夫妻の恋愛事情　８年目の溺愛と子作り宣言
黙って私を抱きなさい！ 年上眼鏡秘書は純情女社長を大事にしすぎている
才川夫妻の恋愛事情～７年じっくり調教されました～
イケメン兄弟から迫られていますがなんら問題ありません。
編集さん（←元カノ）に謀られまして　禁欲作家の恋と欲望
清く正しくいやらしく　まじめＯＬのビッチ宣言
鳴海澪――――――――――――――――――――――――――
俺様御曹司に愛されすぎ　干物なリケジョが潤って⁉
溺愛コンチェルト　御曹司は花嫁を束縛する
赤い靴のシンデレラ　身代わり花嫁の恋
葉月クロル――――――――――――――――――――――――
拾った地味メガネ男子はハイスペック王子！ いきなり結婚ってマジですか？
春奈真実―――――――――――――――――――――――――
恋舞台　Ｓで鬼畜な御曹司
日野さつき――――――――――――――――――――――――
強引執着溺愛ダーリン あきらめの悪い御曹司
ひより――――――――――――――――――――――――――
地味に、目立たず、恋してる。幼なじみとナイショの恋愛事情
ひらび久美――――――――――――――――――――――――
フォンダンショコラ男子は甘く蕩ける
恋愛遺伝子欠乏症 特効薬は御曹司⁉
真坂たま―――――――――――――――――――――――――
ワケあり物件契約中 ～カリスマ占い師と不機嫌な恋人
御子柴くれは―――――――――――――――――――――――
セレブ社長と偽装結婚　箱入り姫は甘く疼いて⁉
水城のあ―――――――――――――――――――――――――
Ｓ系厨房男子に餌付け調教されました
露天風呂で初恋の幼なじみと再会して、求婚されちゃいました‼
あなたのシンデレラ　若社長の強引なエスコート
御堂志生―――――――――――――――――――――――――
欲望の視線　冷酷な御曹司は姫の純潔を瞳で奪う
エリート弁護士は不機嫌に溺愛する～解約不可の服従契約～
償いは蜜の味　Ｓ系パイロットの淫らなおしおき
年下王子に甘い服従　Ｔｏｋｙｏ王子
深雪まゆ―――――――――――――――――――――――――
社内恋愛禁止　あなたと秘密のランジェリー
桃城猫緒―――――――――――――――――――――――――
処女ですが復讐のため上司に抱かれます！
連城寺のあ――――――――――――――――――――――――
同級生がヘンタイ Dr. になっていました

〈蜜夢文庫〉好評既刊発売中！

青砥あか

入れ替わったら、オレ様彼氏とエッチする運命でした！
結婚が破談になったら、課長と子作りすることになりました⁉
極道と夜の乙女　初めては淫らな契り
王子様は助けに来ない　幼馴染み×監禁愛

朝来みゆか

旦那様はボディガード　偽装結婚したら、本気の恋に落ちました

奏多

隣人の声に欲情する彼女は、拗らせ上司の誘惑にも逆らえません

かのこ

侵蝕する愛　通勤電車の秘蜜
アブノーマル・スイッチ～草食系同期のＳな本性～

栗谷あずみ

あまとろクルーズ 腹黒パティシエは猫かぶり上司を淫らに躾ける
楽園で恋をする ホテル御曹司の甘い求愛

ぐるもり

指名Ｎｏ．１のトップスタイリストは私の髪を愛撫する

西條六花

年下幼なじみと二度目の初体験？　逃げられないほど愛されています
ピアニストの執愛　その指に囚われて
無愛想ドクターの時間外診療　甘い刺激に乱されています

高田ちさき

ラブ・ロンダリング　年下エリートは狙った獲物を甘く堕とす
元教え子のホテルＣＥＯにスイートルームで溺愛されています。
あなたの言葉に溺れたい　恋愛小説家と淫らな読書会
恋文ラビリンス　担当編集は初恋の彼⁉

玉紀直

年下恋愛対象外！チャラい後輩君は真面目一途な絶倫でした
甘黒御曹司は無垢な蕾を淫らな花にしたい～なでしこ花恋綺譚
聖人君子が豹変したら意外と肉食だった件
オトナの恋を教えてあげる　ドＳ執事の甘い調教

天ヶ森雀

アラサー女子と多忙な王子様のオトナな関係純情欲望スイートマニュアル　処女と野獣の社内恋愛

冬野まゆ

小鳩君ドット迷惑　押しかけ同居人は人気俳優⁉

兎山もなか

才川夫妻の恋愛事情 ９年目の愛妻家と赤ちゃん
君が何度も××するから　ふしだらなスーツと眼鏡、時々エッチな夢

★著者・イラストレーターへのファンレターやプレゼントにつきまして★
著者・イラストレーターへのファンレターやプレゼントは、下記の住所にお送りください。いただいたお手紙やプレゼントは、できるだけ早く著作者にお送りしておりますが、状況によって時間が掛かる場合があります。生ものや賞味期限の短い食べ物をご送付いただきますとお届けできない場合がございますので、何卒ご理解ください。

送り先
〒160-0004　東京都新宿区四谷3-14-1　UUR四谷三丁目ビル２階
（株）パブリッシングリンク
ムーンドロップス 編集部
○○（著者・イラストレーターのお名前）様

ヤンデレ系乙女ゲームの悪役令嬢に転生したので、推しを監禁しています。

２０２０年６月１７日　初版第一刷発行

著……御影りさ
画……蜂不二子
編集……株式会社パブリッシングリンク
ブックデザイン……百足屋ユウコ＋モンマ蚕
（ムシカゴグラフィクス）
本文ＤＴＰ……ＩＤＲ

発行人……後藤明信
発行……株式会社竹書房
〒102-0072　東京都千代田区飯田橋２－７－３
電話　03-3264-1576（代表）
03-3234-6208（編集）
http://www.takeshobo.co.jp
印刷・製本……中央精版印刷株式会社

■本書掲載の写真、イラスト、記事の無断転載を禁じます。
■落丁・乱丁があった場合は、当社までお問い合わせください
■本書は品質保持のため、予告なく変更や訂正を加える場合があります。
■定価はカバーに表示してあります。
© Risa Mikage 2020

ISBN978-4-8019-2282-2　C0193
Printed in JAPAN